身代わり寵姫ですが、おつとめが気持ちよすぎて恥ずかしいです

Airi Mamiya
真宮藍璃

Honey Novel

Illustration

炎かりよ

CONTENTS

序章　身代わり寵姫の秘めやかなおつとめ

（まあ、もう時間が来てしまったわ！）

大聖堂から夕刻の鐘の音が聞こえる。ヴィオラは鏡に映った薔薇色のドレスの大きく開いた胸元を、手でほんの少し引き上げた。

ロランディア帝国の帝都、エルトリオにある、グランロランディア宮殿。

長く暮らしていた人里離れた山奥の修道院を出て、ヴィオラがこの絢爛豪華な白亜の宮殿にやってきたのは、まだほんの一か月ほど前のこと。

ほとんど音信不通だった実家に七年ぶりに呼び戻されたヴィオラは、そのまま一人、帝都へと送られた。

戦乱の世を治め、大小いくつもの王国や公国、貴族領からなる一大帝国を築いた軍人出身の初代皇帝が、貴族はその子女を一人、行儀見習いのために一年間、帝都に住まわせなければならないとふれを出したためだ。

でもまさか、謁見したその晩に宮殿に召し出されるなんて思わなかった。

しかもそのまま皇帝の寵姫になって宮殿に私室を与えられ、毎日のように「おつとめ」をすることになるなんて――――。

「髪留めはこちらでいかがでしょう、『ロザリア』様」

「……」

「……あの、ロザリア様？」

「っ！　は、はい！　それでお願いします！」

私室に置かれた鏡台の大きな鏡越しに、女官が怪訝な顔をしているのが見えたので、慌てて答える。その名で呼ばれるのには慣れたつもりだが、気を抜くとときどき自分のことだと気づかず、相手を戸惑わせてしまう。

でも自分は今、双子の姉「ロザリア」の身代わりとしてここにいるのだ。それだけは忘れないようにしないと……。

「大変！　陛下がそこまでいらしてますわ！」

「まあ、どうしましょう！　まだお支度が整っていませんのに」

（……陛下が、こちらにっ？）

慌てふためく女官たち以上に、ヴィオラも焦ってしまう。

いつもはヴィオラが皇帝の寝室に伺うのに、もしや待ちきれなかったのだろうか。

「やあ、私の可愛い人！　今夜もとても美しいね」

ヴィオラの私室の入り口から、穏やかで甘い声が届く。

ロランディア帝国初代皇帝、マティアス・マクシミリアン。

軍人らしい堂々たる体軀には畏怖を覚えるものの、ハニー色の豊かな金髪と、輝く青い瞳からは、優雅で鷹揚な気質が伝わってくる。

女官たちが流れるように部屋を出ていくと、マティアスが静かにドアを閉め、すっとこちらへやってきた。

「あなたと半日も離れていたなんて信じられない。逢いたかった」

「陛下っ……、ん、ん……」

体を抱きすくめられて口唇を奪われ、びくりと身が震える。

離れていたのは半日だけれど、昨日の晩は幾度も身を重ねたし、そのまま今朝も起き抜けから彼の寝室で濃密な時間を過ごした。

結び合うたびヴィオラの体は甘くしびれたみたいになって、しばし動けなくなるほどなのに、マティアスの行為への熱は少しも衰えないようだ。

ただでさえ、皇帝として政務や軍務で多忙を極めているというのに。

(でも、だからこそわたしを必要とされているのかもしれないわ)

国家元首である皇帝の御身を、繊細な心遣いとその身とで癒し、お慰めする。

それが寵姫の大切な役割だと、ヴィオラは帝都での後見人になってくれているスカラッテイ男爵夫人に教えられている。

ここへ来たのは姉ロザリアの身代わりとしてだが、思いがけないことだったとはいえ、並みいる淑女たちの中からたった一人、皇帝マティアスの寵姫に選ばれたのだから、しっかりとつとめを果たさなくてはならない。身代わりであることがばれてしまったら、姉や父がどんなお叱りを受けるかもわからないのだし……。

「私の部屋へ連れていこうと迎えに来たが、もう、ここで欲しいな」

キスで溶けかけた頭にマティアスの声が届く。ここことは、この部屋ということ？

「陛下……、ですが、隣室には女官たちが」

「あなたのベッドで愛し合いたいのだ。嫌かな、ロザリア？」

甘えるみたいな目をして、マティアスが問いかけてくる。

一分の隙もないほど立派な男性にそんな目で見つめられると、なんだかそれだけでドキドキしてしまう。けれど、女官たちがすぐそこにいるのにと思うとやはり恥ずかしい。

でも姉の名で呼びかけられたことで、ほんの少し冷静になる。

これはおつとめなのだから、マティアスが望むことならなるべく素直に受け入れたい。ヴィオラはそう思い、頰を熱くしながらもうなずいた。

「陛下の、お心のままに」

おずおずと告げると、マティアスがにこりと微笑(ほほえ)んでヴィオラの手を取り、ベッドへと連れていく。

マティアスの寝室のベッドと違い、女一人が眠るための小さなベッドだ。横たわるべきなのか座るべきなのか判断がつかずにいると、マティアスがベッドに腰かけ、ヴィオラを膝の上に抱き上げた。そうしてドレスの胸元を留めるリボンに指をかけて、ささやくように告げる。

「私の愛しい人。あなたは本当に可愛い」

「陛……、っ、ぁ」

しゅるっとリボンをほどかれ、ほろりと胸が露わになり、思わずさっと目をそらす。マティアスがふふ、と小さく笑って、胸の先にちゅっと吸いついてくる。

「ぁ……、ぁ」

舌で乳首を転がされて、小さく吐息がこぼれる。

もう何度もされているせいか、ヴィオラのそこはすぐにきゅっと硬くなり、お腹の下のほうがはしたなく疼き始める。

腿の間の蜜壺もじんわりと潤み、熱っぽくなっていくのがわかる。

まるでこれからすることに、体が期待してしまっているみたいだ。

「あ……っ」

胸にキスを落とされながら、薔薇色のドレスの裾をそっと持ち上げられ、脚を手で優しく撫でられて、息が乱れる。

マティアスの手はとても大きくて温かく、独特の力強さを持っている。素肌に触れられただけでヴィオラの胸はさざめき、身も心も彼に委ねたい気持ちになる。

ちゅ、と淫靡な音を立てて胸から口唇を離して、マティアスが言う。

「あなたはいつでも甘い味がする。とれたての果実のようだ」

「陛下っ」

「今にも弾けそうなほど熟れた果肉……。そしてその芯には、たっぷりと蜜を滴らせている」

「ぁ、あっ――――」

閉じた腿の間にマティアスの手が滑り込み、薄い茂みのあたりをやわやわとなぞる。

そうして柔らかい襞の合わせ目に埋まったパール粒を探り当て、肉厚な指先で転がすみたいにもてあそぶ。

「ん、ぅ、はぁ、あ」

そこはとても感じやすいところで、いじられるとそれだけで喜悦の高みへと弾き飛ばされそうになる。どうにかそれをこらえても、蜜壺の奥がふるふると震え、秘められた場所がとろとろと濡れて、甘く溶け始める。

そうなってしまうのが恥ずかしくて、頬を熱くしながらマティアスの肩にしがみつくと、指先が今度は、秘裂の花びらを左右に分け入るようにしながら下りてきた。

「は、うっ、ふう、う」

ヴィオラのそこの熟れ具合を確かめるみたいに、マティアスが指を上下に動かす。優しいその動きが淡くしびれるような悦(よろこ)びを生み、ヴィオラの背筋を伝い上がる。彼の長い指には愛蜜が絡みつき、その動きは次第にぬらり、ぬらりと淫猥(いんわい)な湿り気を帯びていく。

「可愛いよ。あなたのここ、私を歓迎しているみたいだ」

「へ、いか」

「中も、ほら。嬉(うれ)し涙を流しているよ?」

「ああっ」

とぷり、と音が立ちそうなほど濡れそぼったそこに、マティアスの指が沈み込む。

硬い指の感触に驚いたみたいに、肉筒がきゅうきゅうと収縮するけれど、襞は彼の指に絡み、包み込んで吸いつく。

その感覚を楽しむみたいに、マティアスがゆっくりと指を出し入れし始める。

「あ……、あっ……」

くぷ、くぷ、とかすかな音を立てて中をなぞられ、声がこぼれる。

自分では見たことも触れたこともない場所なのに、マティアスはもうすっかり知り尽くしていて、どこをどうすればヴィオラが反応するのか、本人以上によくわかっているようだ。

中で指を曲げて前壁をくすぐるように撫でられ、小刻みに動かされたら、お腹の奥に悦びのさざ波が立ち始めた。

「ふ、ぅう、陛下っ」

「気持ちいい？」

「う、うう、おっしゃら、ないでっ」

「恥ずかしがらなくてもいいんだよ？　感じているあなたは、とても愛らしいのだから」

「あ、ああ、そ、なっ！」

蜜筒をまさぐる指を二本に増やされ、くちゅくちゅとかき回されて、ビクビクと体が震える。足が跳ねて片方の靴が飛んでしまったけれど、マティアスは気に留めることなくさらに指を深くまで沈めて、二本の指の先で前壁の敏感な場所をすくい上げるみたいに執拗になぞってくる。

そこをそうされると、もう身の昂りを止められなくなってしまう。

「はぅ、だ、め！　もうっ、わた、しっ……」

「気をやりそうなのかい？」

「ん、んっ！」

「いいよ。私の指で達ってごらん」

「ああ！　ふっ、ぁああっ」

指を出し入れするスピードを速められ、甘く優しく追い立てられる。

悦びのさざ波が一気に大きくせり上がって、お腹の底でどうっと弾けて————。

「っ、ぁ————」

びくん、びくんと体を震わせて、ヴィオラが頂を極める。

視界が真っ白になって、体を愉悦が駆け抜ける。マティアスがヴィオラの耳朶にちゅっと口づけて言う。

「あなたの中が、うねっている。私の指を放すまいと締めつけて」

「そ、んな、お、しゃら、なっ……」

「気をやる瞬間の姿も、どこまでも可愛い。もっと甘い顔を見せて、ロザリア」

姉の名で呼ばれても、こうなってはもう冷静さを取り戻すことはできない。ただただ悦びの奔流に押し流され、自分を保つことなど少しもできない。

こんなふうに我を忘れてしまうのも、とても恥ずかしくてたまらないのだけれど。

(これは、おつとめなの。わたしの、大事なおつとめだからっ……！)

とにかくそう思って、羞恥で取り乱しそうな気持ちを静める。余韻に震える体を支えようと、ヴィオラはマティアスの肩にぎゅっとしがみついていた。

第一章　邂逅――仮面の紳士と二匹の子猫

今から一か月ほど前のこと。

七年暮らした修道院から、突然実家へと呼び戻されたヴィオラは、生まれたときから母が亡くなる十三歳まで暮らしていた、ダンベルト伯爵邸のエントランスに立っていた。

まるで置き物でも眺めるみたいな目をして、父であるダンベルト伯爵がぼそりと言う。

「……さすがに地味だったか。母親の形見とはいえ、貴族の娘とはとても思えぬ野暮ったい服装だな」

「まあ、そんなことはありませんわ、お父様」

「しかし、ロザリア。ヴィオラは仮にもダンベルト伯爵家の令嬢として帝都へ行くのだぞ？　修道女だったとはいえ、あまりにも貧相ではないか？」

歯に衣着せぬ物言いに、双子の姉のロザリアが困ったような顔をする。昔は母がそんな表情を見せていたなと、なんだか少し懐かしい。

（……お父様、本当に変わらないのね）

七年ぶりに再会した娘を前にさんざんな言いようだとは思うが、ヴィオラはそれほど気にしてはいない。何しろ父伯爵は、昔からこうなのだ。

『おまえは忌み子だ。屋根裏から出てくるんじゃない！』
『まったく恐ろしい、姉妹で同じ顔をしているなんて！』
――双生児は家を壊す悪魔の子。

今の帝国ではそんなことは言われないが、この辺境の地では双生児は家系を乱す悪しき存在として忌み嫌われ、あとから生まれた子供は幼くして里子に出されることが多かった。

ヴィオラも父伯爵に疎まれ、物心つく前に遠い隣国へやってしまおうという話もあったそうだが、亡き母のたっての願いで屋敷の屋根裏で育てられることになったらしい。

母以外からはヴィオラはいないものとして扱われ、母亡きあとは追い払われるように人里離れた山奥の修道院に入れられたのだった。

不便なことの多い暮らしではあったが、ヴィオラ自身は修道院での穏やかな生活が好きだったので、まさか呼び戻されることになるとは思いもよらなかった。

ロザリアが取りなすように言う。

「お父様、ヴィオラは一年の間、わたしの代わりに行儀見習いをしながら帝都で暮らすだけなのでしょう？　目立たずおつとめを終えられるなら、むしろそのほうがいいのではないかしら？」

「フン、何が行儀見習いだ！　マティアスの若造め、貴族の子女を帝都に呼びつけるなど、人質にしようと考えているのは明白ではないか！」

「まあ、お父様ったら、そのようなこと……」

「聞いた話では、貴族の息子は兵役を課されて危険な国境警備に回され、娘たちは残らず後宮に入れられるということだぞ。マティアスめ、おおかた絶対君主にでもなったつもりなのだろうよ！」

父伯爵が吐き捨てるように言う。「後宮」というのはどういう場所なのだろうとぼんやり考えていると、父伯爵が忌々しそうに続けた。

「だからわしは、最後までファルネーゼ公爵閣下を皇帝に推すべきだと主張していたのだ。ロランディア王家の血を引くとはいえ、所詮は継承順位の低い成り上がり、しかもあんな女好きを皇帝になどするから、こういうことになる。まったく嘆かわしい！」

もはや憎しみすらこもった声で父伯爵が言って、ロザリアの手を取る。

「奴(やつ)の横暴に屈して大事な娘のおまえを帝都になどやらんぞ、ロザリア。何か間違いでもあってはかなわん！　おまえと例のファルネーゼ公爵の末の息子との縁談も、進めているところなのだからな」

「……まあ、そうでしたのっ？」

ロザリアがぱっと明るい表情を見せる。

ヴィオラは修道院での生活にすっかり慣れて、もはや縁談など遠い世界のことのように思っていたが、そう言われてみれば自分もロザリアもそんな年頃だ。

おめでとうと告げようと口を開きかけたら、父伯爵がぎろりとこちらを見て言った。

「そういうわけだ、ヴィオラ。おまえはこういうときのために生まれたと言ってもいい。今こそダンベルト伯爵家のために役立つときだと思え。一年の行儀見習いとやらがすんだらまた修道院に戻ればよいのだからな。おい、荷物を運び出せ！」

何がそういうわけなのか本当のところよくわからないし、ヴィオラの荷物など小さな包み一つ分なのだが、父伯爵が下男を呼びつけて、待たせてある馬車に運ばせる。

もう一度ヴィオラの全身を頭のてっぺんからつま先まで見やって、父伯爵がどこか下卑た表情を見せて言う。

「まあ、なんだ。修道女上がりではそんな手管もなかろうし、むろん期待してもおらぬが、その気なら皇帝陛下の寵姫にでも取り立ててもらえるよう、せいぜい励むことだな」

「寵姫、ですか……？」

「もっとも、反マティアス派の貴族は帝国内に少なからず存在している。『三日月党』が力を持てば、世の流れもすぐに変わるだろう。あの若造があと一年帝国皇帝でいられるのかどうかも、誰にもわからぬがな」

何やら意地の悪い声で、父伯爵が言う。

先ほどの嬉しそうな表情から一転、ロザリアがまた困ったような、呆れたような表情を見せる。ヴィオラは会釈をして、下男が待つ馬車のほうへと歩き出した。

（寵姫というのは、お妃様とは違うのかしら？）

ダンベルト伯爵領を出発して、数時間。

馬車に揺られながら、ヴィオラはぼんやりと父伯爵が言ったことを振り返っていた。

修道院での暮らしが長かったので、男女のことには疎いのだが、帝国皇帝という特別な立場の男性には、傍に仕える女官も多くいるのだろう。

寵姫というのは、そういう女性なのだろうか。もしかして後宮というのは、その寵姫とやらの住まいだったり……？

（帝都の生活は、どんなふうなのかしらね）

何につけても、多くを望まないこと。

双子の妹として生まれ、父からはあんな扱いを受けてきたから、ヴィオラはいつからか、そんな考え方をするようになった。

だから実のところ、ロザリアの身代わりになって帝都に上がることになった今の状況を、ヴィオラは特に期待はしていないものの、それなりに楽しんでいる。

何事もなく一年、ロザリアのふりをして当たり障りなく暮らせば、また山奥の修道院で静かな祈りの日々を過ごす生活に戻るのだから、帝都での生活は貴重な体験には違いない。

好きな書物なども、帝都ならたくさんあるかもしれないし――。

「……きゃっ！」

馬車が急に大きく揺れ、少し傾いて止まったので、何事だろうと慌ててしまう。

小窓にかかったカーテンを細く開けて外を見てみると、御者が降りてきて腰を屈めて下のほうを覗き込んでいた。ヴィオラは小窓を少しだけ開けて御者に訊ねた。

「あの、どうかしたのですか？」

「いやぁ、道を小動物が横切りましてね。馬が避けようとして馬車が振られて、車輪の軸がずれちまったんですよ」

「まあ、大変！」

「すぐに直しますんで、外でお待ちになっててもらえねえですか」

御者が恐縮して言う。

でも、領地を出てからずっと座っていたし、そろそろ小休止したいなと思っていたところだ。ヴィオラはうなずき、ドアを開けて外に出た。

「……森の中だったのね」

馬車が止まっていたのは、豊かな針葉樹の森の間を通る道の途中だった。

明るい午後の日差しを浴びて木々は輝いており、木立を吹き抜ける風も心地よい。通りかかる馬車もないので、とても静かだ。

(……あら、あれは?)

道の脇に、さらに森の奥へと入っていく細い小道があり、そこに灰色っぽい丸いものが見えたので、ヴィオラは少し近づいてよく見てみた。

ふわりとした毛玉のようなそれは……。

「まあ、子猫!」

耳がつんと立ったグレーの子猫が、小道の入り口のあたりで丸まってこちらを見ている。

先ほど道を横切った小動物というのは、もしやこの猫だったのだろうか。

「あなた、怪我をしているのっ?」

ヴィオラのほうをちらりと見て、森の奥へと歩き出した子猫が、ほんの少し脚を引きずっているように見えたので、思わず声が出る。

ヴィオラが暮らしていた修道院の近くにも猫が何匹かいて、ときどき喧嘩などして怪我をした子を手当てしてやったりしたことがある。ヴィオラは気になってあとを追った。

怯えさせてはいけないと思い、ゆっくりと近づいていくと。

(もしかして、わたしをどこかに連れていこうとしている?)

ヴィオラが近づくと、子猫は早足になる。

でもしばらく行くと歩みを止めて、こちらを振り返る。

森の小道を、子猫はまるで誘うみたいにしながら歩いていくのだ。

追いかけっこでもしているようでなんだか楽しくなってきて、ヴィオラは夢中になって子猫を追いかけた。すると不意に視界が開け、古い納屋のような建物が見えた。

子猫が近づいた建物の軒先には――――。

「あら、もう一匹……。きょうだいなの？」

ヴィオラを連れてきた子猫とそっくりの、グレーの子猫が、粗末な古布の上に横たわっている。

でもなんだか元気がなさそうだ。ヴィオラを連れてきた子猫が心配そうに身を寄せる。もしや母猫がいなくなってしまって、助けを求めているのか。

（一緒に連れていったら、ミルクを分けてもらえるかしら？）

ヴィオラは帝都で、後見人役のとある貴婦人の屋敷に住まわせてもらうことになっている。勝手に猫を連れていったら怒られるかもしれないが、見捨てていくわけにもいかない。古布で包むようにして子猫たちを持ち上げて、ヴィオラは優しく言った。

「大丈夫よ、子猫ちゃんたち。わたしがいいところに連れていってあげるわ」

「……へえ。いいところって、どこだい？」

「っ！」

いきなり背後から低く声をかけられ、驚いて振り返る。

先ほどの小道のほうに、男が二人並んで立っている。行く手をふさぐようにしながら、薄ら笑いを浮かべてこちらを見ていたので、ヴィオラは戸惑いながらも小さく言った。

「ご、ごきげん、よう……？」

誰かと会ったらひとまず挨拶をしなければ。礼儀としてそう思い、それを口に出したのだが、男たちは顔を見合わせて笑い合う。左側の男が嘲るように言う。

「へへ、ごきげんよう、だってよ。どこぞの貴族令嬢みたいだなあ？　さっき逃げてった馬車にでも乗ってたのかあ？」

「俺たちはごきげんだぜ、いつだってな。よう、いいところってどこだよ？　俺たちも連れていってくれよう」

もう一人の右側の男がおかしそうに言って、すすけた上着の前を開く。その腰にナイフのようなものが見えたから、ヴィオラは身の危険を感じてヒヤリとした。

左側の男、今なんと言ったのだったか。馬車が逃げていった……？

「……！」

「……あっ、こら、待ちやがれ！」

子猫たちを抱えたまま、とっさに森の奥のほうへと続く小道を駆け出すと、男たちがうなるような声を上げて追いかけてきた。

長く修道院暮らしだったが、近隣の住民たちとはよく交流していて、子供たちと森で追いかけっこなどをして遊ぶことはよくあった。男たちに追いつかれぬようドレスの裾を持ち上げ、小道をそれて木立の中に入っていくと、ほんの少し距離を開けることができた。

どこかの貴族の領地なのか、森は手入れが行き届いており、陽光が地面にまで届いているから視界はいい。この森がどこまで続いているのかはわからないが、とにかく男たちから逃れなくてはと懸命に走る。

なんとかしてどこか身を隠せそうなところでやり過ごして、それから元来た道に戻らなければ。でも馬車がどこかに行ってしまっていたら、どうしたら……。

「きゃあっ！」

木の切り株をひょいと飛び越えたら、着地した先がぬかるんでいた。

つるりと滑ってよろけたから、子猫たちをかばいながら草地に倒れ込んだつもりが、その下には泥が溜まっていた。

体の右半分が冷たい泥に埋まってしまい、焦って立ち上がろうともがいているうち、男たちが追いついてくる。

「この小娘がっ、ちょこまかと逃げやがって！」

「はは、泥だらけだな！　俺たちが脱がせてやろうかあっ？」

男たちがナイフを抜き、ぎらぎらとした嫌な目つきでねめつけながら、じりじりと近づいてくる。

辱められるかもしれないと恐怖を覚え、体がガタガタと震えてくる。

「やっ……、来ないでっ、来ないで！」

怯えながら叫んだ、そのとき。

「――それ以上その人に近づくな、下種どもめ！」

よく通る声が耳に届いたと思ったら、森から美しい白馬に乗った紳士が現れ、ヴィオラと男たちとの間に割って入った。

突然現れた白馬に、驚いて見上げると、馬上には目元を覆う黒い仮面をつけた金髪の紳士が、長いマントをなびかせてまたがっていた。

続いて森から栗毛の馬が飛び出してきて、馬上の人物がクロスボウを構えて男たちに向ける。目を見開いて固まってしまった男たちに、仮面の紳士が訊ねる。

「貴様ら、さては先日旅行者を襲った盗賊団の一味だな？　ここを貴族の領地と知っての狼藉か？」

「っ……！」

「狩りの獲物を探していたが、ちょうどいい。貴様らを捕らえ、帝都の警護兵に……！」

「く、くそっ」

「捕まってたまるかっ」

男たちが慌てて踵を返し、逃げていく。

仮面の紳士が馬から下りながらあとを追うよう指示すると、栗毛の馬に乗った人物がさっと手綱を引き、あとを追い始めた。

助けられたのだとようやく実感して、体の力が抜ける。

「もう大丈夫ですよ。さあ、どうぞお手を」

仮面の紳士が手を差し伸べながら言って、ヴィオラの腕の中の古布に目をやる。

「……おや？　何か、動いていますね」

「は、はいっ、子猫が、二匹……」

「子猫……？」

仮面の紳士が小首をかしげる。

たくさん走った上に転んでしまったので、怪我をさせていないかといくらか不安になりながら、ヴィオラは古布を開いて子猫たちの体を確かめた。

ヴィオラの体はすっかり泥にまみれているが、子猫たちは汚れてはおらず、丸い目でこちらを見上げて小さく鳴き声を上げる。

どうやら無事のようだ。ほっと安堵(あんど)のため息を洩(も)らすと、仮面の紳士が訊(き)いてきた。

「もしやあなたは、この子たちを助けようと……？」

「ええ。母猫がいなくなってしまったようだったので」

「そうですか。それはとても深い愛に満ちた、気高い振る舞いだとは思いますが、帝都やこのあたりはとても物騒です。女性一人では、特にね」

「そう、なのですか？」

幼い頃はもちろん、少女時代にも、ヴィオラはほとんど屋敷の敷地を出たことがなかった。山奥の修道院で暮らすようになってからは、たまに近隣の領民たちと交流するばかりという、至って牧歌的な生活をしていた。

だから、世の中にはああいうならず者もいるのだという想像が及ばなかったのだ。

紳士たちが来てくれなかったらどうなっていたのだろうと考えると、急に怖くなってくる。

「ともかく、ここを出ましょう。日も傾いてきましたし、お召し物も汚れてしまって、ご不快でしょう？」

「あの、でもわたし……」

「まずは泥を落としましょう。この近くに私の屋敷があります。ご案内いたしますよ」

「お屋敷ですか？　……ひゃっ……！」

乗馬ブーツや服が泥で汚れるのも気にせず、仮面の紳士がぬかるみに屈み、ヴィオラの体を子猫ごと軽々と抱き上げたから、小さく悲鳴を上げた。

子供ではないのだし、男性の腕に抱かれて運ばれるなんて、なんだかとても恥ずかしい。

自分で歩けるから下ろしてほしいと言うべきか悩んでいると、仮面の紳士がさりげない口調で訊いてきた。

「あなたの名は？」

「ヴィオラと申します」

「ヴィオラさんですね。美しい名だ。私のことは、どうぞマックスと呼んでください」

「マックス、様？」

「はい。奇異に映るかもしれませんが、仮面はこのままで失礼しますよ。実は先の戦争で、顔に少々傷を負ってしまいましてね」

マックスと名乗った仮面の紳士が言って、ヴィオラを馬の鞍に横向きに座らせる。

そうして横に立って手綱を引きながら、マックスが告げる。

「ちょうど湯が沸いている頃だ。屋敷についたら湯あみをなさるといい。その間に、子猫たちにミルクをやっておきましょう」

「ミルクを……、よろしいのですか？」

「もちろんです。子猫たちも私の客人だ。もてなしをさせてください」

マックスが言って、形のいい口唇に笑みを浮かべる。

ヴィオラの答えを待たずに、マックスは馬を引いて歩き始めた。

それから、ふたときほどあとのこと。

「ヴィオラ様、どうぞこちらをお召しになってください」

「……まあ、なんて綺麗なドレス……！」

メイドが持ってきたドレスに、ヴィオラは思わず感嘆の声を洩らした。

レースとフリルがふんだんに使われた、美しいペールピンクのドレスだ。先ほどまで着ていた色も仕立ても地味なドレスとは比べ物にならないほど洗練されている。生地も艶やかで張りがあって、とても高価なものであることもわかった。

でも、これは明らかに自分には分不相応なしろものなのではないか。

「あの、本当にわたしがこれを着ても、よろしいのですか？」

「もちろんでございますわ。旦那様も、ヴィオラ様の御髪と瞳のお色にとてもよく合うはずだと」

（……マックス様が……？）

ヴィオラは明るめの茶色い髪に、緑と茶が混ざったハシバミ色の瞳をしている。どうやらそれに合わせてドレスを見立ててくれたようだ。

あのあと、ヴィオラは森の奥に建つ大きな屋敷に案内され、たっぷりの湯で湯あみをさせてもらった。浴室を出ると真新しい絹の下着が一揃い用意されていて、年かさのメイドが手早くヴィオラに身に着けさせてくれた。

少し癖のある茶色の髪も丁寧に結ってもらい、薄化粧と香水まで施してくれて、すっかり恐縮してしまったのに、まさかこんなにも素敵なドレスを貸してくれるなんて……。

「ご覧ください！　あつらえたようにぴったりですわ、ヴィオラ様！」

「そ、そうですか？」

姿見に映った自分の姿は、まだ修道院に入れられる前に実家でちらりと見た、どこかの貴族のパーティーに出かける日の着飾ったロザリアの姿を思い出させる。

自分はこういう華やかなものとは無縁なのだと、そう思っていたのに。

(そういえばわたし、さっきヴィオラと名乗ってしまったわ)

男たちに追われて動転していたので、自分はロザリアの身代わりなのだということを忘れてしまっていた。今さら別の名に変えるわけにもいかないし、とりあえずはこのままヴィオラで通すしかないだろう。

メイドに連れられて屋敷の長い廊下を歩きながらそう考え、今はヴィオラなのだと心の中で自分に言い聞かせる。

やがてマックスが待っているというサロンに着くと。

「あ……」

淡いベージュ色の壁紙にワインレッドの花模様の絨毯(じゅうたん)が敷かれた、瀟洒(しょうしゃ)なサロン。

その真ん中に浅い皿が二つ置かれ、先ほどのグレーの子猫たちが口をつけて、一心にミルクを飲んでいた。

傍らにはマックスが膝をついて屈んでいて、子猫たちを静かに見守っている。

ヴィオラが近づいていくと、マックスが顔を上げてこちらを見た。

「子猫たち、どうやらかなり腹が減っていたようだね。二匹とも、たっぷりミルクを飲んで、おかわりまでして……」

言いかけて、マックスが口をつぐんだ。

例の黒い仮面をつけたままなので表情はよくわからないが、その目はこちらをまっすぐに見ている。もしかして、ドレスが似合わなかっただろうか……？

「ああ、失礼……。ご婦人を不躾に見つめるものじゃないな。でも、とてもよく似合っていますよ、ヴィオラさん」

「そう、でしょうか？」

「ええ、とても。お疲れでしょう、どうぞこちらへ」

マックスが言って、立ち上がって手振りでソファのほうに誘う。

ドレスの裾が軽やかに揺れるのを心地よく感じながらそちらへ行き、ソファに浅く腰かけると、マックスが猫足のローテーブルを挟んだ向かいに腰を下ろした。

サロンの入り口から、先ほどとは別のメイドが銀のワゴンを押して入ってきて、二人に紅茶をサーブし始める。

「子猫たち、少し擦り傷を負っていましたよ」

マックスの言葉に、思わずまあ、と声が出る。

「二匹ともですか？　傷は深いのですか？」

「大丈夫。よく効く軟膏を塗っておいたので、じきによくなるでしょう」

「それを聞いて安心しました。何から何まで、ありがとうございます！」

「何、礼には及びません。あなたはいかがです、どこか怪我をされてはいませんか？」

「わたしは平気です。助けていただいて本当にありがとうございました、マックス様」

改めて礼を言うと、マックスが口元に柔和な笑みを浮かべた。

「当然のことをしたまでです。ときに、ヴィオラさん。あなたはお一人で、帝都へ向かわれていたのですか？」

「はい、そうです」

「差し支えなければ、行き先を訊いても？」

「ええと……」

マックスはどう見ても貴族階級の男性だし、行儀見習いのために帝都に上がるところだと素直にそう答えればいいようにも思えるが、初対面の男性相手にあまり個人的な話をするのもどうかと思う。

そもそも皇帝にお仕えするために帝都に上がるわけで、助けてもらったからとはいえ、うら若い娘が見知らぬ男性の屋敷を一人きりで訪問していること自体、普通はあまり誉められたことではないだろう。

自分をロザリアと名乗らなかったのは、その意味では幸いかもしれない。ヴィオラは少し考えて言った。

「その……、わたしは、修道女なのです！　信仰をより深めるため、帝都にある聖堂を巡礼して回ろうと思いまして、山奥の修道院からはるばるやってきました」

女性の一人旅であれば、巡礼者のふりをするのが一番違和感がないだろうと思い、そう告げると、マックスがほう、と感心したように声を発した。

「そうだったのですか。こう申し上げては失礼かもしれないが、お若いのに、とても高潔なお心をお持ちなのですね」

「そ、そんなっ」

「信仰心は尊いものです。私も見習わなければ。……ああ、レオ。よく戻った。入ってきてくれ」

サロンの入り口に目をやって、マックスが言う。

部屋に入ってきたのは、どうやら先ほど栗毛の馬に乗っていた人物のようだ。マックスとだいたい同じ、二十代後半くらいに見える黒髪の男性だ。

レオ、と呼ばれたその男性の手には、ヴィオラが馬車に残してきた、自分の全財産ともいえる包みがあった。

「それは、わたしの……？」

「連中は捕まえたのか、レオ?」

「はい。やはり盗賊どもの手下でしたので、警護兵に引き渡しました。御者のほうは、連中に襲撃されてやむなく馬車を走らせたとのことで、はぐれた場所のあたりであなた様を捜していました。どうぞ、お改めください」

レオがソファの脇までやってきて膝をつき、ヴィオラに包みを差し出す。

母の形見のブローチや大切にしている手紙などが入っていたので、受け取って確認すると、中身は自分で包んだときのままになっていた。

ほっとため息をついて、ヴィオラは言った。

「すべて元のままです。取り戻してくださってありがとうございます!」

「よかった。それでレオ、御者は来ているのか?」

「それが、馬車を修理しなければならないとのことで、帝都のほうに」

「そうか。ではヴィオラさんには別途馬車を手配しよう。明日の朝にでも」

「え……、明日、ですか?」

「じきに日が暮れてきます。慌てずとも、この屋敷に泊まって明日出かけられたらいい」

(この屋敷に、泊まる?)

本当なら、今日の夕刻には後見人の屋敷に着いているはずだった。今から行っても到着は夜になるだろうし、それなら確かに明日にしたほうがいいかもしれないが、見知らぬ男性の屋敷に泊まるというのは……。

「さて、できればあなたと夕食をともにしたかったのだが、私とレオは、これから少し野暮用がありましてね」

「え……」

「実は私は今、見聞を広めるため諸国を旅して回っている途中なのです。帝都に戻らねばならぬ用があって、たまたまここに滞在していますが、明日の早朝には発つつもりでおりまして。今夜会っておかねば数年は会えぬかもしれぬ友と、旧交を温めることになっているのです。せめてあなたがお休みになる前に、戻ってこられればよいのだが」

マックスがよどみのない口調で言って、優雅に立ち上がる。

「あなたのことはメイド頭のマノンに任せておきます。先ほどドレスを届けた女性ですよ。心ばかりだが晩餐の用意もさせていますから、ぜひくつろいで過ごしてほしい。それでは失礼、ヴィオラさん」

「えっ、あ、あの……！」

言うだけ言って、マックスがレオと風のように去っていってしまったから、呆気にとられてしまう。

どうやら、明日の朝までこの屋敷にとどまることは、ほぼ確定してしまったみたいだ。

ヴィオラは半ば途方に暮れながら、一人ソファに腰かけていた。

「ヴィオラ様、お寒くはありませんか？　よろしければこちらをどうぞ」

「まあ、ありがとうございます、マノンさん」

それからまたふたたときほどあとのこと。

マノンが運んできた膝かけを受け取って、ヴィオラは礼を言った。

そろそろ床についてもいい時間だったが、ヴィオラはサロンのソファに座って、書棚にあった詩集を読んでいる。

傍らには子猫たちが丸くなっていて、なんとも穏やかな時間だ。

(思いがけないことになったけど、なんだかこういう夜は新鮮だわ)

夕食を待つ間、ヴィオラはマノンにすすめられて、今日到着するはずだった後見人のスカラッティ男爵夫人の元に、明日着く予定だと手紙を書いた。

巡礼者のふりをしてはみたものの、自分を迎えてくれる予定の夫人に到着の遅れを知らせたほうがいいのではと思っていたので、マノンが使いの者に届けさせると言ってくれてとても助かった。

その後、マックスがヴィオラ一人のために用意させてくれた夕食をいただいたので、できるならその礼を言ってから横になろうと思い、待つ間どう過ごそうかと考えていたら、マノンが今度は、本を読んではどうかとすすめてくれたのだ。

サロンの棚に読んだことのない詩人の詩集があったから、軽い気持ちで読み始めたのだが、止まらなくなってしまっている。

実家で屋根裏暮らしだった頃、ヴィオラはたくさんの本を読んで過ごしていたものだ。修道院に入ってからも、院内のライブラリーの書物を端から読んでいた。

ヴィオラにとって本は友達のようなもので、時間が許せばいくらでも読んでしまう。帝都に上がる前にこんなゆったりした時間を過ごせるとは、思いもしなかった。

「あ……、お帰りなさいませ、旦那様」

マノンの声に詩集から顔を上げると、サロンの入り口にマックスが顔を出したところだった。詩集をローテーブルに置き、仮面の顔を見つめながらさっと立ち上がると、マックスがこちらにやってきた。

「こんばんは、ヴィオラさん。もうお休みになっていらっしゃるかと」

「そのつもりでしたが、もう一度、今日のお礼を申し上げたくて」

「当然のことをしたまでですよ。どうぞお気になさらず」

「お食事も、とても美味しくいただきました。どうもありがとうございました」

「お口に合ったのならよかったです。本当はご一緒したかったのですがね」

マックスが口元に笑みを浮かべて言って、ローテーブルに目を落とす。

「おや、あなたは本をお読みになるのですか？」

「あ……、は、はい。女が本を読むなんて生意気だと、父はあまりいい顔をしませんでしたが、亡くなった母が、よき書物は生きるよすがになるからと」

「ほう……、お母様が、そのように？」

マックスが興味深げに言う。

「その考えには賛成です。戦乱の時代が終わり、帝国という、いわば一つの家に、多くの人々が暮らす今の世では、ことにそう感じますよ」

「一つの、家ですか？」

「そうです。人々には様々な考えがあり、慣習があり、信仰がある。ときに対立することもあるが、一つの家の中では、なるべく仲良くやっていくほうがよいでしょう？」

マックスがそう言って、嚙んで含めるように続ける。

「性別も年齢も関係ありません。どうしたら手を取り合えるか、自分はどうすべきか。考えを深めてくれるのが書物だと、私は思うのです」

「マックス様……」

マックスの言葉に、思いがけず感銘を受ける。

それは亡き母がヴィオラに書物をすすめた理由と、通じるものがある気がする。

双生児として、姉のロザリアよりもあとに生まれたというそれだけのために、ヴィオラは家の中でいないものとされていた。それがあの地の風習であり、ダンベルト伯爵家の当主である父が決めたことには、誰も逆らうことなどできなかったから、ヴィオラ自身もそんなものだと思っていた。

だが、母は少しも納得してはいなかった。割り切れぬ思いとそれを解くための答えを、書物に求めようとしていたところがあったのだ。

病気で亡くなることなく存命であったなら、今の帝国の法や慣習を知って、これはおかしいと父に意見することもできたのかもしれない。そう思うと、少し哀しい気持ちになる。

「難しいことは、わかりませんが……、マックス様のお考えは、素晴らしいと感じますわ」

亡き母に思いをはせながらそう言うと、マックスがどこか嬉しそうに言葉を返した。

「そう思ってくれますか？」

「はい。歩み寄ったり手を取り合ったりすることは、とても大事なことだと思いますし。そうしたことは、古い書物にも書かれていましたわ」

「そう、まさにそのとおりだ。書物は思考の鍵なのです！」

マックスが大きくうなずく。

「今帝都には、帝国領内の各地から様々な書物が集められています。皇帝陛下は帝都に人の英知を集めようとされている。あらゆる書物を収めたライブラリーを開こうと、陛下は考えておられるのです」

「ライブラリーを……、そうなのですね？」

父伯爵は若造などと嘲っていたが、そういう話を聞けば、若くてもとても思慮深い方なのではないかと思えてくる。

「皇帝陛下は、なんというかもっとこう、粗野な、怖い方なのかと思っていましたわ」

「……ほう？　それはまた、どうして」

「帝国全土から貴族の子女を帝都に差し出させて、人質にしようとしていると、そんな噂を聞きましたので」

父伯爵から聞いたままを口にすると、マックスが怪訝そうに小首をかしげた。

「人質、ですか？　それはいったい……、貴族の子女を帝国全土から帝都に呼び寄せるのは、行儀見習いのためと聞いていますが？」

「私も、詳しいことは存じません。ですが、男子は兵役を課され、娘たちは……、ええと、どこかの宮殿に集められるのだとか、そのような話を聞きました」

父伯爵が言っていた言葉の中で、「寵姫」と並んで「後宮」というのも今一つ理解できなかったのでそう答えると、マックスがまっすぐにこちらを見た。

「ほほう、それはまた、面白い噂だ。旅続きで帝都を離れて暮らしていましたので、そういった噂にはとても興味があります。ほかにも何かご存じでしたらぜひ教えていただきたいのだが、たとえば怖い、という以外に、皇帝陛下はどんな方だと？」

「え、ええと」

思いがけずマックスが食いついてきたので、少し慌ててしまう。

山奥の修道院にはそれほど話が伝わってきてはおらず、父伯爵の言くらいしか知らないのだが、父はほかになんと言っていただろう。確か、「成り上がりの女好き」だとかなんとか言っていたような気がする。

でも、どう考えてもいい意味ではなさそうだし、貴族の娘がそんな言葉を口にするのははばかられる。

「すみません、よくは知らないのですが、その……、皇帝陛下というお立場から、お妃様をお探しなのだとか」

ヴィオラは少し考えてから言った。

「ふふ、そうですか……。それはつまり、権力にものを言わせて帝国中の貴族の娘たちを集め、好みの女性を選ぼうとしている、というような？」

「さ、さあ、それはわたしにはなんとも！」

ヴィオラは言って、思案しながら続けた。

「でも、噂や人から聞いたお話は、正しいこととは限りません。皇帝陛下は長く続いた戦いを終わらせた方ですし、陛下がお決めになったことにも、きっと何か深いお考えがあるのではと。……わたしのような者が言うのも、おこがましいかもしれませんが」

賢しら(さか)なことを言っているかもしれないと思い、少し恥じ入りながらつけ加えると、マックスがしばし黙ってこちらを見て、それから首を横に振って言った。

「……いいえ、ヴィオラさん。あなたのおっしゃることは正しい。噂は所詮噂なのですから。そう思えるあなたは、とても聡明な方だ」

「まあ、そのような……、過分なお誉めの言葉ですわ！」

「そんなことはないですよ。私はずっと、あなたのような方と話してみたかったのです」

マックスが言って、ヴィオラに座るよううながし、向かいのソファに腰かける。

「よかったら、お読みになっていた詩集の話をしませんか」

「詩集の、話を……？」

「あなたがどう感じ、何を思ったのか、私はとても知りたいのです。どうか、お願いします」

マックスの仮面から覗く目が、きらりと輝きを放つ。

その瞳がとても深く青い色をしていることに、ヴィオラはそのとき初めて気づいた。

「……もう月が沈んでしまいそうね」

マックスの屋敷の客間でベッドに横たわり、窓の外に目をやって、ヴィオラは独りごちた。

あれからしばしの間、ヴィオラはマックスと、サロンで語らった。

詩集の話はもちろん、ヴィオラが今まで読んだことのある本や、修道院で読んだ信仰の書、昔母が読み聞かせてくれた物語の話など、話題は尽きず次々とふくらんで、気づけばすっかり夜が更けていたのだ。

今まで、誰かとこんなふうに語り合ったことはなかったし、父以外の男性と長く話したのも初めてだったから、なんだか少し気が高ぶっている。

明日はいよいよ帝都に上がるのだから、ちゃんと寝ておきたいのに。

(ああいう男性が、いらっしゃるのね)

どこまでも紳士的で知的、そして親しみのある態度でヴィオラの話を聞き、自分の考えを話して、またヴィオラの考えや思いを引き出す。

向き合って話をしていたマックスの声や物腰、佇(たたず)まいなどを思い出すと、なんだかそれだけで、楽しい気持ちがよみがえってくる。

今までヴィオラが接してきた男性は、領民や使用人を除けば、父か教会の司祭くらいだった。父はずっとヴィオラを邪険にしていたし、司祭とは信仰に関する話はしても、考えていることや思ったことを話したりする関係ではなかったから、マックスとの語らいはヴィオラにとって、今まで経験したことのない、とても新鮮で楽しい時間だったのだ。

できるならもっと長く、朝までで話していたいと思えるほどに。

(でもきっと、もうお会いすることはないわ)

諸国を巡り見聞を広める旅の途中、たまたま帝都に用があり、戻ってきていただけだとマックスは言っていた。明日の朝もヴィオラより先に出立する予定だと言っていたし、ヴィオラのほうも明日には「ロザリア」に戻らなければならない。

子猫たちと別れるのは寂しいが、屋敷でちゃんと面倒をみてくれると言ってくれたから、任せるのがよいだろう。

マックスや子猫たちとの邂逅は、いっときの幻のようだった。もしかしたら、神様が与えてくれたささやかな憩いの時間だったのかもしれない。

ともかくも、もう眠らなければ。

明日からの帝都での暮らしが、どうか少しでも穏やかな日々でありますように。

温かく清潔な寝具にゆったりと身を預けながら、ヴィオラはそう祈っていた。

第二章　再会——皇帝陛下に見初められて

その翌日のこと。

「————伯爵家ご令嬢、————様、ご到着です！」

「……男爵家ご子息、……様！　どうぞ中へ！」

帝都の中心地にある、グランロランディア宮殿の謁見の間。

入り口から廊下の外にまで続く貴族の子女たちの長い列に、ヴィオラは並んでいた。

列の先頭から順に宮廷官吏に名を呼ばれ、中へと入っていく。その先に皇帝が待っていて、拝謁を賜るのだと思うと、なんだかそれだけ緊張してきてしまう。

それでなくともヴィオラはほんのついさっき帝都に着いたばかりで、謁見の礼儀もろくに知らないままだというのに。

(何か粗相をしてしまったら、どうしようっ？)

眠れるだろうかと少し不安だったが、ヴィオラはあのあと、マックスとの楽しい語らいを思い返しつつ、いつの間にか眠りに落ちていた。

朝起きると昨日の予告どおりマックスはもう出立したあとで、ヴィオラはほんの少し残念な気持ちを抱きながらも、マノンに見送られて馬車で帝都へと出発した。

行き先をあいまいなままにしておきたかったので、帝都のとある聖堂まで送り届けてもらったのだが、そこから後見人であるスカラッティ男爵夫人の屋敷までは、所在地のメモを頼りに自力で移動した。そのため、到着したのは昼過ぎだった。

さすがに遅くなりすぎたため、スカラッティ男爵夫人に到着の遅れを詫び、きちんと挨拶をしようとしたのだったが。

『ダンベルト伯爵家の、ロザリアさんねっ？　もう半時もしたら宮殿に向かわなければならない時間よ。急いで身づくろいをしていらっしゃい！』

スカラッティ男爵夫人にそう言われ、ヴィオラは衣装部屋に連れていかれて数人のメイドたちに囲まれ、人形遊びでもされるみたいに淡い緑のドレスに着替えさせられた。

明るい茶色の髪を結い上げられ、ハシバミ色の瞳が際立つよう入念に化粧も施されて、耳朶と首とに高価な装飾品をつけられる頃には、見た目だけは帝都の貴族令嬢のように洗練された姿になっていたが、ろくに心の準備もできぬまま、ヴィオラは宮殿に向かう馬車に乗せられたのだった。

「……ああ、わたし、なんだかワクワクしてきたわ」

「わたしは少し怖いわ。皇帝陛下が目も留めてくださらなかったらと思うと……。ねえ、わたし、どこもおかしなところはない？」

ヴィオラの後ろに並ぶ二人の令嬢たちがひそひそと言い合う。

ヴィオラと同じく、二人もスカラッティ男爵夫人の屋敷に寄宿することになった貴族の娘たちだが、ヴィオラとはなんとなく様子が違っている。二人ともこれからの生活に不安を覚えている雰囲気などまったくなく、行儀見習いがどんなものかも大して気にしていなくて、ひたすら皇帝に自分を見てもらいたいと思っているようだ。

「ねえ、もしも……、もしもですわよ？　あなたかわたしが、皇帝陛下の寵姫に選ばれたら……」

「まあそんな！　恐れ多いことですわ！」

「でも、もしかしたらもしかするかもしれなくてよっ？　わたしの母など、わたしをここへよこす前に何度もその話を……」

「しっ！　静かになさい、はしたないわよ！」

三人につき添っているスカラッティ男爵夫人がぴしゃりと言う。令嬢たちはびくりとして口を閉じ、おとなしく前を向いた。

彼女たちもやはり、寵姫になることを目指して……？

「お部屋に入って、ロザリアさん！」

「……っ、は、はい」

男爵夫人に言われ、自分のことだとちゃんと意識して、ヴィオラは謁見の間へと入った。

（……まあ、すごいわ……！）

謁見の間は奥行きがあり、とても広かった。

木の梁が複雑に組み合わさったアーチ状の天井は高く、床は磨き上げられている。壁に沿って並ぶ燭台には金が惜しみなく使われていて、大きな薔薇窓から落ちる陽光に照らされてきらきらと輝いている。

入り口から赤い絨毯がまっすぐに延びた先は少し高くなっており、官吏や貴族が立ち並ぶ真ん中にしつらえられた玉座には、豪奢な装束に身を包んだ男性が座していた。

（あの方が、皇帝陛下……！）

三年前、二十五歳の若さで近隣諸国との戦乱を鎮め、帝国を築いて初代皇帝となった、マティアス・マクシミリアン。

遠目に見ても、とても大きな存在感に圧倒される。ヴィオラに続いて部屋に通された先ほどの二人の令嬢たちが、背後でうっとりとため息をつくのが聞こえたけれど、なにやら恐れ多くて、皇帝の姿をまともに見ることができない。

謁見を受ける者たちの数が多いので、御前に出て挨拶をしたらすぐに退出できるようだが、後ろの令嬢たちと違ってヴィオラにはなんの準備も心構えもない。ほかの貴族たちの所作をよく見て真似るしか――。

「ダンベルト伯爵家ご令嬢、ロザリア様！」

直前に並んでいたどこかの子爵令息が退出し、名が呼ばれたので、心拍が大きく跳ねる。

転ばぬようドレスを持ち上げ、ヴィオラはすっと玉座の下まで歩いていった。

顔を見ると緊張してしまいそうだから、マティアスの足下あたりに目を向けて、ヴィオラは口を開いた。

「初めまして、皇帝陛下。ダンベルト伯爵家から参りました、ロザリアと申しま……」

言い終わらないうちに、どうしてかおお、と小さなどよめきが聞こえてきたので、思わず顔を上げる。

するとどうしてか、マティアスが玉座から立ち上がっていて、こちらを凝視している。

長身で肩の広い堂々とした体躯（たいく）だが、豊かな金の髪は蜂蜜のように輝き、顔立ちはどちらかといえば端整だ。元軍人と聞いて思い浮かべるよりも、ずっと穏やかで優しそうなその表情に、思いがけず魅了されそうになるけれど。

（……な、なに？　わたし、何かまずいことをしてしまったっ？）

皇帝であるマティアスが、身じろぎもせず立ち尽くして、目を見開いて一人の令嬢を見つめている。

少々異様な状況だ。なんとも言えぬおかしな空気が流れて、やがてひそひそとささやき合う声が聞こえてくる。あの令嬢は何者だ、と言い合っているようだ。

逃げたい。でもそんな不作法は許されない。どうしていいのかわからず固まっていると、マティアスが傍らに立っていた臣下の者のほうを向き、何かささやいてから、またゆっくりと玉座に腰をかけた。

そうして何事もなかったかのように、ヴィオラに向かって鷹揚にうなずく。

このまま、退出してもいいのだろうか……？

「早く！　こちらにいらっしゃい！」

スカラッティ男爵夫人が傍らから声をかけてくる。何が起きたのやらさっぱりわからないまま、ヴィオラは皇帝の前を辞していた。

あれがなんだったのかわかったのは、スカラッティ男爵夫人の屋敷に戻ってからだった。

「まったく信じられないわ！　いきなり出仕を命じられるなんて！」

手元の手紙に何度も目を落として、スカラッティ男爵夫人が言う。

あのあと、スカラッティ男爵夫人の屋敷にマティアスからの使者がやってきた。

使者が携えてきた手紙が、夕刻になってからヴィオラ――ロザリアをもう一度宮殿に出仕させるよう命じるものだったから、屋敷の中はちょっとした騒ぎだ。

「こんなにも早く陛下のお目に留まるなんて、すごいわ！」

「きっとロザリアさんが、とてもお美しいから！」

二人の令嬢たちもとても驚いたようで、半ば啞然（あぜん）としながらも、羨望の目をヴィオラに向けてくる。

でもヴィオラには、これを幸運と感じるよりも不安のほうが大きい。

そもそも姉の身代わりでここへ来たわけで、できれば注目されたくはなかったのだ。目立たず地味に平穏に、一年の行儀見習いの期間をやり過ごそうと思っていたのに。

「それにしても、珍しいこともあるものだわ。陛下がこんなにもあからさまに、女性に興味をお持ちになるなんて」

スカラッティ男爵夫人がどこか怪訝そうな顔で言う。

令嬢たちが、不思議そうな顔を向ける。

「そうなのですか?」

「こういうことは、よくあることなのだとばかり……」

「そんなことはありません! 男性にも女性にも、分け隔てなく気さくにお話しされるせいもあって、『女好き』だなどと口さがないことを言う人たちもいますけれど、陛下は本来、そういう方ではないのですよ」

スカラッティ男爵夫人がたしなめるように言って、思案げに視線を浮かせる。

「でも、ロザリアさんを見る陛下の目は、いつになく輝いていたわね。これは、ひょっとしたらひょっとするのかもしれないわ!」

「……まあ……」

「なんてことかしら！」

（……？？）

スカラッティ男爵夫人の言葉に、令嬢たちが心なしか頬を上気させて顔を見合わせているので、話が見えず困惑する。スカラッティ男爵夫人が意味ありげな目をして言う。

「ロザリアさん、もしも今夜、『そういうこと』になっても、陛下にすべて委ねてお任せしなさい」

「え……、『そういうこと』、ですか？」

「おわかりにならないかしら？　帝国皇帝として即位されて三年、星の数ほどのご縁談をお断りになり、寵姫の一人もお傍に置かずにいらして、早くもお世継ぎ問題がささやかれ始めた、あの皇帝陛下がですよっ？　昼間謁見したばかりのあなたに、今夜出仕せよとお命じになったのですからね！　それは当然、そういうことも想定しておくべきですわ！」

スカラッティ男爵夫人がいくらか興奮した声でそう言うと、令嬢たちがきゃあ、と恥ずかしそうに声を上げた。これはそんなにも重大な事態なのだろうか。

そもそもお世継ぎ問題なんて知らなかったし、自分が目をかけられるなんて思ってもみなかったから、なんだかわけがわからないのだが。

（……待って。それじゃあ寵姫というのは、もしかしてっ……）

縁談やお世継ぎ問題が絡むのなら、つまり「そういうこと」とは、いわゆる男女のことなのだろうか。

若い娘がそんな話題を口にするのはとても破廉恥なこととされているから、誰ともそれについて話をしたことはないが、寵姫というのはそれをする立場だということなのか。

ここにきてようやくそう思い至って、ヴィオラの頬も熱くなる。

それこそなんの心構えもできてはいないし、実際何をするのか、ほんの少しもわかってはいないのに。

「心配はいらないわ。そういうことになったとしても、ならなかったとしても、それがあなたのおつとめだと思えばいいのよ」

「おつとめ、ですか」

「ええ、そう。帝国貴族の令嬢として、皇帝陛下をお支えするためのおつとめです。これは誰にでもできるわけではない、とても誉れ高いおつとめなのですわ、ロザリアさん！」

スカラッティ男爵夫人に目を輝かせてそう言われ、当惑してしまう。

なんだかとても責任重大なことのように思えるが、それは本当につとめと言えるのだろうか。

（でも、お父様も励めとおっしゃっていたわ）

身代わりではあっても、それがつとめなのであれば、果たさねばならないだろう。

ヴィオラはゴクリと唾を飲んで言った。

「わかりました。陛下をお支えするおつとめ、ということであれば……」

「そう、それでこそ貴族令嬢の鑑ですわ！　さあ、こちらにいらして！　髪もお顔も体も、この私が完璧に磨き上げてみせますとも！」


その夜のこと。

スカラッティ男爵夫人の屋敷にひっそりとやってきた迎えの馬車に乗って、ヴィオラは再び宮殿を訪れた。昼間の謁見のときにまとっていたのは淡い緑のドレスだったが、今度は深みのある青、背中と胸元が大きく開いた夜会向きのドレスだ。銀細工のネックレスとイヤリングをつけ、結い上げた髪には美しい髪飾りをあしらっている。

スカラッティ男爵夫人によれば、ヴィオラの明るい茶色の髪やハシバミ色の瞳の色を引き立て、魅力的に見せることができる組み合わせを選んだということだが、昨日同じようにマックスが選んでくれたドレスとの違いが大きくて、もはや何が自分に似合う色なのかさっぱりわからない。鏡に映る姿は自分自身ともロザリアとも別人のように思えて、なんだか現実感がないのだ。

燭台のろうそくがともされた夜の宮殿は、昼間よりもさらに壮麗で、だんだん自分がどこにいて何をしようとしているのかすらわからなくなってくる。

（皇帝陛下の思し召しのままに振る舞うしか、ないわ）

女官に案内されて長い廊下を歩きながらそう思い、どう見えようが自分は今ロザリアなのだと懸命に言い聞かせていると、やがて奥まった部屋のドアの前にたどり着いた。

「ロザリア様をお連れしました」

『ありがとう。入ってもらってくれ』

部屋の中から男性の声が聞こえる。皇帝なのだろうか。

女官が細くドアを開けたので、ヴィオラは緊張しながら中に入った。

「やあ、来たね。待っていたよ」

白に金の装飾で統一された部屋。

その真ん中に、金髪碧眼の長身の男性――マティアスが立って、穏やかな笑顔でこちらを見ている。

壇上に立っていた昼間の印象よりも、その顔はさらに端整で、こちらを見つめる青い目は吸い込まれそうなほど美しい。

うっかり見惚れてしまいそうだったから、ヴィオラは慌てて頭を下げ、貴族の娘らしく腰を屈めた。

「っ、こ、皇帝陛下にあらせられましては、ご機嫌麗しく……！」

「はは、そんな堅苦しい挨拶は抜きで頼むよ。ここは謁見の間ではないのだからね」

マティアスが言って、ヴィオラのほうへやってくる。

そうして目の前に立ってしばしヴィオラを眺め、甘い声で言う。

「スカラッティ男爵夫人は、女性を輝かせるにはどうしたらいいかをよく知っているようだね。あなたはとても綺麗だ」

「そんなっ、もったいないお言葉を……」

「もったいなくなどないさ。あなたはとても美しいよ、ヴィオラ」

「っ……？」

マティアスの言葉に、びくりとする。

聞き違いでなければ、今、ヴィオラと呼ばれたのではないか。

どうして自分がロザリアではなくヴィオラだと、皇帝が知っているのだろう。

動揺して思わず顔を上げ、目の前のマティアスをまじまじと見つめる。

するとマティアスの端整な顔にも、探るような表情が浮かんでいた。

小首をかしげて、マティアスが言う。

「あなたは昨日、ヴィオラと名乗っていたはずだが。本当は、ロザリアという名なのか？」

「昨日……？　昨日と、おっしゃいますと……？」

「うん、そうだね。あなたもわけがわからないだろうね。何しろ昨日は、私も今とは違う名を名乗っていたのだから」

（それって……！）

昨日名を名乗り合った相手は限られていたし、よくよく思い返してみれば声には聞き覚えがある。

昨日ヴィオラを盗賊の残党から救ってくれ、楽しく語り合った――。

「マックス、様……？」

「ああ。まさかこんなふうに再会するとはね！」

「――」

予想もしていなかった事態に、言葉を失う。

まさか、こんなことって……！

（……大変なことに、なったわ……）

皇帝が、貴族の子女を各家一人、一年間帝都に住まわせよと命じられた。

けれど表向きには一人娘ということになっているロザリアを、父伯爵がどうしても帝都にやりたくなかったから、双生児で顔立ちが瓜二つのヴィオラが身代わりになって帝都に上がった、というのが、自分がここへ来た理由だ。

それなのに、よりにもよって一番知られてはいけない人に秘密を知られてしまった。これではもはや身代わりの意味がない。

このままでは、父伯爵やロザリアがお叱りを受けてしまうかも……。

(ああ、でも待って！　わたしが妹なのだとは、さすがに知られていないのでは？)

昨日の自分の言動を冷静に思い返してみる。

確かにヴィオラという名を名乗りはしたが、それ以外は修道女ということで通した。

実際に七年間修道院で暮らしていたのだから、嘘は言っていないのだが、むしろ昨日話したことをすべて偽りだったことにしてしまえば、逆にそれで切り抜けられるのではないか。

必死に考えてそう思い至ったから、ヴィオラはおずおずと言った。

「……わ、わたしは、ダンベルト伯爵家のロザリアです。実は昨日は、偽名を使っていたのです。修道女というのも、出まかせで……。あんなにもよくしていただいたのに、申し訳ありませんでした！」

ヴィオラの釈明に、マティアスがほう、と小さく声を出す。

「なるほど、そうだったのか。先ほどの謁見のあと、ダンベルト伯爵家にはご令嬢が一人だと聞いた。ではあなたが、ご当主の一人娘のロザリアなのだね？」

マティアスがうなずきながら言って、ふふ、と小さく笑う。

「昨日は私も仮面をつけ、名を偽って身分を隠していた。それなのにあなたが己を偽っていたことを責めたりするのは、どう考えても公平ではない。申し訳ないなどと思う必要はないよ」

「陛下……」

「だが、どのような事情でそうしたのかには、いささか興味があるな。あまり大きな声では言えないのだが、私は身分を隠してあちこち出かけるのが好きでね。時折ああしてレオを伴って宮殿を抜け出したりしているのだ。あなたはなぜ、偽名を？」

「な、ぜって……」

（考えて！　考えるのよヴィオラ！）

昨日の状況と自分が話したことを端から思い出して、マティアスにこれ以上疑念を抱かれないような言い訳を探す。巡礼者のふりをしたのは、確か……。

「それは、そのっ、何か間違いが起こらないようにと、そう考えたのです！」

「間違い……、それは、私とかい？」

「はい！　……えっ？　い、いえ、決してそのような！　そうではなくて、ええとっ」

「ああ、すまない。あなたは『マックス』の話をしているのだね？　初対面の男に素性を知られたくなかったとか、そういう……？」

「は、はい、おっしゃるとおりですっ」

ヴィオラは言って、なんとか言葉をつないだ。

「わたしはダンベルト伯爵家の者として、陛下の命に従い帝都に上がったのです。この身は帝国と皇帝陛下とにお仕えする身。誰よりも清くあらねばなりません。助けていただいたとはいえ、結婚前の娘が供も連れず一人きりで男性の屋敷に伺ったこと自体、はしたないことだと眉を顰（ひそ）める方もおられるのではと、そう思い……」

「そうか。修道女だと告げたのも、それが理由だったのだね？　ようやく事情がのみ込めてきたよ」

マティアスが言って、笑みを見せる。

修道女と告げたことに特に意図はなかったが、そう言われてみれば確かにそうだ。

相手が修道女と知りながら何かよこしまなことを考える者は、少なくとも貴族階級にはいないのではないかと思う。マティアスが好意的に理解してくれたことをありがたく思っていると、彼がうなずいて言った。

「大丈夫。昨日は何も間違いなど起こらなかった。それはこの私がよく知っているよ。あなたが貞淑で聡明な女性であることは、話していてもよく伝わってきたからね」

「……陛下……」

「この件については、もう何も気に病むことはない。あなたの身の清さは私が保証する。だからどうか、安心して帝都で過ごしてくれ、ロザリア」

そう言ってもらえて、心から安堵する。どうにかマティアスの疑念を晴らすことができたようだ。心底ほっとしながら、ヴィオラは言った。

「ありがとうございます、皇帝陛下。ご理解をいただけまして幸いです」

マティアスをまっすぐに見つめて、ヴィオラは訴えた。

「そのようなお言葉を賜ったからには、わたしも誠心誠意心を込めて、つとめをまっとういたしたく存じます」

「……ん？　つとめ？」

「はい。父からもよくよく言い含められて参りました。皇帝陛下に寵姫として取り立てていただけるよう、励めと」

「……え……、え？」

ヴィオラの言葉に、どうしてかマティアスが呆気にとられたような顔をする。

そんな顔をされるとは思わなかったので、一瞬ヴィオラも戸惑ったが、マティアスはまじまじとこちらを見つめてくる。

やがてその顔に、先ほど見せた探るような表情を浮かべ、マティアスが訊いてきた。

「あなたは、私の寵姫になりたいのかい？」

「はい！　そうしていただけるのでしたら、ぜひとも、お願いいたしたく」

「そ、そうか。いやしかし、それはまたなんというか、ずいぶんと、思い切った申し出というか……」

「思い切った……、そうでしょうか？」

「ああ、そう思うね」

「ですが、寵姫というのは皇帝陛下をお支えする立場で、誰にでもできるわけではない、誉れ高き存在なのだと聞いております。陛下の治世の安定と帝国の繁栄につながるつとめなのですから、これほどの栄誉はないのではと！」

「う、うむ……。まあその、あなたの言っていることは、間違ってはいないのだが……、いやはや、初めてだよ、そんなにも直截な申し出は」

マティアスが言って、困ったようにこちらを見る。

だが何か思うところがあったのか、やがてマティアスの顔に楽しげな表情が浮かぶ。

どこか甘い目をして、マティアスが言う。

「だが、そういうのも嫌いではないよ。昨日も思ったのだが、あなたはとても風変わりな人なのだね？　あなたのような女性に出会ったのも、初めてだ」

「……風変わり……、と、おっしゃいますと……？」

「悪い意味ではないよ？　昨日、私はあなたと、とても有意義な時間を過ごせたと思っている。あなたに興味を引かれて、できればもう一度会いたいと思っていたのだからね」

「そんなふうに、思ってくださっていたのですか？」

「ああそうだ。だからこうして再会できたのは、もしかしたら、そう……、運命、というやつなのかもしれないね」

何やら秘密めかした口調でマティアスが言って、思案げに視線を浮かせる。

「とはいえ、私は帝国皇帝だ。私が何か一つ物事を決めると、それだけで様々な方面に影響

が出る。だから私は、何事も慎重に、時間をかけて決めるべきなのだ。それはもちろんよくわかっている。わかってはいるのだが……、ふむ、こうなるとなんとも悩ましいな！」

マティアスが言って、ヴィオラの前を行ったり来たり、まるで何か煩悶してでもいるみたいにうろうろと歩き始める。

いったい何を悩んでおられるのだろう。

(もしかして、男女のことが、あるせい……？)

勢い込んで寵姫になどと迫ってしまったが、冷静に考えてみると、ヴィオラはそのことについて何も知らない。マティアスを悩ませてしまうような何かが、そこにはある……？

「……いや、待て。そもそも私は男だ。帝国皇帝ではあるが、その前に一人の男なのだ。ここで二の足を踏んでいるようでは、何事も成し遂げられぬ。それは間違いのないことだ」

まるで自分自身に言い聞かせるみたいにマティアスが言って、こちらに顔を向ける。

「あなたの決意は尊いものだ。私は皇帝として、一人の男として、それに応えよう」

よどみのない声でマティアスが言って、端整な顔に笑みを浮かべる。

「あなたを寵姫に取り立てる。今から私の傍に仕えなさい」

「……！　あ、ありがとうございます、皇帝陛下！」

疑念を晴らすことができたばかりか、こちらの希望まで聞いてもらえて、安堵のあまりうわずった声で礼を言うと、マティアスがうんうん、とうなずいて告げた。

「では、早速おつとめをしてもらおうかな？」

「……え」

「実をいうと、私もそうしてくれたらいいなと思っていたのだ。あなたのほうから申し出てくれて、本当に心から嬉しく思っている」

マティアスがすっとこちらに身を寄せ、愛(いと)おしげな目をしてヴィオラの顔を見つめてくる。

「あなたは、相当な覚悟を持ってここに来たのだろうね？　女性が自らあのように口にするのは、とても勇気がいっただろうし。そんなあなたに、恥をかかせたくない。今すぐ応えたいのだよ」

「あ……」

青い目でまっすぐに見つめられたまま、頬にそっと手を添えられて、びくりと身が震える。

マティアスの端整な顔には、昨日は見せなかった甘い表情が浮かんでいる。

瞳はどこか潤んでいて、何かほの暗い、艶めいた光が覗いており、その目に見つめられているだけで、どうしてか胸がドキドキしてくる。目の光に魅了されたみたいになって、瞬(まばた)きすらもできなくなる。

その光がいったいなんなのか、ヴィオラには見当もつかない。

ただ一つわかるのは、今まさに「そういうこと」になろうとしているのだということだ。

かすかに震える声で、ヴィオラは言った。

「どうか陛下の、お心のままに。ですがわたしは、どのように振る舞えばよいのかを知りません。どうすれば、よいのでしょう?」

「一から教えてあげるよ。こちらに来なさい」

ヴィオラの頬をさらりと撫で下ろしてから、マティアスがヴィオラの手を取り、部屋の奥へと誘う。

マティアスについて、続き間になっている隣室へと入っていくと。

「……!」

先ほどまでの明るい部屋とは一転、数本のろうそくだけがともる寝室。天蓋のある大きなベッドには、淡いレースのカーテンがかかっている。

ここで例の男女のことが行われるのだと、ありありと知らしめられて、膝が震える。

立ち尽くしてしまったヴィオラの細い肩にそっと手を置いて、マティアスが安心させるように言う。

「怖がらなくていいんだよ、ロザリア。私はあなたと甘露を分け合いたいだけなのだ。恐れることなど何もない」

「陛下……」

「まずは、ベッドに横たわってごらん」

マティアスがレースのカーテンの合わせ目を開き、優しく促してきたので、おずおずとベッドに身を横たえる。

真新しく清潔なシーツからは、花のような香りがしてくる。花園にいるような気分でうっとりしていると、マティアスも上着を脱いでベッドに乗り上げ、ヴィオラの脚をまたぐように膝をついて、こちらを見下ろしてきた。

(なんて大きな、体なの……!)

男性とこんなにも近くで向き合ったことなどなかったから、堂々たる体軀に新鮮な驚きを覚える。しかも彼は、軍人として幾多の戦火をくぐり、この国を一つにした帝国皇帝だ。ある意味誰よりも強く、頼もしい男性であると言える。

自分などに寵姫のつとめが果たせるのか、ほんの少し不安になってくる。

「口づけても、いいかい?」

「……っ、は、はい」

キスなんてもちろん初めてだ。そんなふうに訊ねられるとは思わなかったので、慌てて答えてきゅっと目を閉じる。

ベッドがかすかに揺れたから、マティアスがシーツに手をついて身を重ね、顔を近づけてきたのだとわかった。

耳の中で心拍が激しく脈打つのを感じていると、やがて口唇に温かいものが触れた。

「……ん……」

ちゅ、ちゅ、と、ヴィオラの口唇に彼のそれが何度も重ねられる。

まるで小鳥がついばむみたいに優しく吸われ、その刺激で徐々に口唇が敏感になっていく。触れられるたびにマティアスの温かさが伝わって、こちらも温かくなってきたのが感じられる。

心地よい感触に、きつく結んでいた口唇がわずかにほどけると、その柔らかい結び目を、マティアスが舌先でちろりと舐めてきた。

「……っ」

舌は口唇よりも熱っぽく、ちろ、ちろ、と舐められると、妙に淫靡な気持ちにさせられる。口唇は潤んだ舌の感触に反応して、花がほころびるみたいに開いていく。

するとその隙間に、マティアスがするりと舌を滑り込ませてきた。

「ん……、ぅ……！」

長い舌で上あごをねろり、と舐め上げられて、どうしてか背筋がぞくりとなる。

気持ちいいようなくすぐったいような、今までに感じたことのない感覚だ。もう一度、今度は舌を押し当ててなぞるようにされ、また背筋が震えた。

この感じはなんだろうと思っていたら、今度はヴィオラの舌をそっと持ち上げるようにしながら、舌下をぬるりとまさぐられ、知らず上体がビクンと震えてしまった。

今のは明らかに快い感覚だ。口腔の中が思いのほか敏感なので驚いていると、マティアスがヴィオラの舌を口唇で優しく食(は)んできた。

「……ふ、ぅう」

ちゅる、ちゅる、と水音を立てて、果実でもしゃぶるみたいに舌を吸い立てられ、閉じた瞼(まぶた)の裏がチカチカと明滅する。

こんなふうにされたのももちろん初めてだけれど、マティアスに舌を吸われるたび、ヴィオラの背筋にはしびれが駆け上がり、体の芯(しん)が蕩(とろ)けていくみたいな感じがする。頭もぼうっとしてきて、思考はもちろん、恐れや不安も遠のいていくようだ。

(これが、キス……)

温かく、心地よく、自分がとろとろと溶けていくみたいな――。

男女のことについて、本当に何も知らなかったけれど、触れられると自分はこんなふうになるのだと、驚くほかない。

初めて経験する甘い感覚に陶然となっていると、マティアスが口唇を合わせたまま、ドレスの上から体を撫でてきた。

「ぁ、ん、ん……」

キスで身の内に触れられるだけでなく、体の外からも触れられて、小さく息が乱れる。

ドレスを着付けてもらうとき以外で、誰かに体に触れられたことはないし、まして男性になんて経験がない。

でも少しも不快な感じはしない。マティアスの大きな手も、ドレス越しにもわかるほど温かみを帯びている。体の輪郭に沿って撫でられるだけで、こちらの肌もじわりと温かくなる。皮膚がさっと粟立って、背筋からうなじのあたりがしびれてきた。

ちゅっと音を立ててキスをほどいて、マティアスがささやく。

「……あなたはとても敏感だね、ロザリア。すごく感じているみたいだ」

感じている、というのは、肌が粟立つ感覚や、体のしびれのことなのだろうか。

うっすら瞼を開くと、これ以上ないほど間近でこちらを見つめているマティアスの青い目に、視線を釘付けにされた。キスで濡れた口唇に笑みを浮かべて、マティアスが訊いてくる。

「嫌な感じは、しないかい？」

「は、い」

「それはよかった。じゃあもう少し、進めようね」

マティアスが言って、艶麗な目をして告げる。

「ありのままのあなたが見たい。ドレスを脱がせても？」

優しい問いかけの言葉に、声もなくこくりとうなずく。

男性に裸をさらすなんて恥ずかしいことであるはずなのに、キスで思考が散漫になっているのかそういう意識が働かない。されるがままにドレスを脱がされ、コルセットや下着まで体から外されても、羞恥心はそれほど浮かんでこなかった。

でも結い上げられた髪をほどかれ、アクセサリーも外されたら、何か少し心細い気持ちになった。

ありのままの自分、何も装っていないただの自分は、父伯爵の言う「地味で野暮ったい」状態よりも、さらに貧相なのではないかと、そんな気がして。

「綺麗だ、ロザリア」

脚を閉じ、胸や局部を申し訳程度に手で隠しているヴィオラに、マティアスが言う。

「お世辞ではないよ？　あなたはとても美しい。想像していたとおりだ」

マティアスがうっとりと続けて、ほう、とため息をつく。

「嬉しいよ。あなたとこうして触れ合えるなんて。あなたも、そう思ってくれるといいのだけれど」

「陛、下……、ぁ、あ」

胸を隠そうと添えた手をそっとはがされ、二つの胸のふくらみを両手で優しく揉みしだかれて、頬が熱くなる。

たわわな乳房を大きな手にすっぽりと包まれ、指でまさぐるみたいにされると、さすがに少し恥ずかしくて身震いしてしまう。指先で先端をくにゅくにゅといじられたら、刺激のせいか乳首がきゅうっと硬くなった。

するとマティアスが、こちらを見つめたまま左の乳首にちゅっと吸いついてきた。

「あっ、ぁ、そ、なっ」

硬くなったそこをちゅくちゅくと吸われ、舌でもてあそぶみたいに舐め回されて、また体に心地よいしびれが走る。

胸の先は口唇や舌よりもさらに敏感であるようだ。背中だけでなく腰までしびれて、知らず腰が跳ねてしまう。

マティアスが楽しげに訊いてくる。

「気持ちがいいかい？」

「そ、なこと」

「否定しなくてもいいんだ。あなたは私に触れられて、快感を覚えている。それはとてもよいことなのだからね」

「あ、ううっ、は、ぁ」

右の乳首も同じように口唇で吸われ、交互に味わうみたいに舐め回されて、ますますビクビクと体が震える。

確かに、すごく気持ちがいい。体が素直に反応して無意識に動き、声も出てしまう。

マティアスが言うように、これがよいことなのだとしたら、否定する必要はないのかもしれないけれど。

「あ、んっ、は、ぁ」

快感に身を任せているうち、どうしてかお腹の奥がひくひくと疼き始めたから、ヴィオラは戸惑いを覚えた。

胸とお腹の奥とがどうやってつながっているのかはわからないけれど、なぜだか下腹部が熱くなってきて、脚の間がだんだん潤んでくる。ちょうど月のものが下りてくるあたりから、何かがとろりとこぼれ出そうになっているみたいだ。

何が起きているのかわからないが、ベッドを汚してしまったら困る。ヴィオラは身じろぎながら言った。

「陛、下、あのっ、何か、変です」

「変？　何がだい？」

「その……、お腹の下のほうが、熱くなって、何かが、下りて……っ」

説明しようにも、恥ずかしくて上手く言えない。

だがマティアスは、少しも動じることなく言った。

「変ではないよ、ロザリア。それも、ごく当たり前のことだ。少し脚を開いてごらん」

「脚、を？」

そんなことをしたらいよいよ何かがこぼれてしまうのではと焦ったが、マティアスは落ち着いた様子だ。恥ずかしい気持ちを懸命に抑えながら、わずかに脚を開くと、マティアスが腿の付け根とあわいの隙間に優しく指を滑り込ませてきた。

「あっ！　ぁ……」

そこがとろりと濡れたようになっているのがわかって、驚いて声が洩れたけれど、マティアスはうなずいて言った。

「やはり思ったとおりだ。あなたのここ、とても潤んでいる」

「潤ん、で……？」

「これはね、ロザリア。あなたの体がとても悦んでいる証(あかし)だ。こうすると、いいでしょう？」

「はっ、ぁあ」

濡れたそこを指でそろそろと撫でられ、思わずうわずった声が出た。

触れられて快感を覚えているのだとマティアスは言ったけれど、その意味がようやくありありと実感できた。

そこをそんなふうに撫でられると、今まで体験したことのない心地よい感覚がお腹の底にあふれてくる。気持ちがよくて甘い声が止まらず、わけがわからなくなってしまいそうだ。

そこが気持ちいい場所だなんて知らなかった。身悶(みもだ)えしそうになっているヴィオラの姿をじっくりと眺めて、マティアスが言う。

「あなたは本当に感じやすいね。こうやって可愛がっている間にも蜜がたくさんあふれて……、ほら、私の指に絡んでくる」

「あ、ぁあ、は、ぁ」

「ここも敏感かな？」

「……っ？　ひ、ぁっ！」

蜜があふれてくる場所よりも前側、あわいの花びらの合わせ目のあたりを濡れた指先でまさぐられて、びくんびくんと腰が揺れる。

そこには何か花の芽のようなものがあり、小さな丸いパール粒状のものが、薄い襞で慎ましく包み込まれている。それを優しくめくられ、滴る蜜を絡めるようにして丸みを撫でられたら、視界がチカチカするほどの悦びの火花が散った。

マティアスがふふ、と小さく笑って、真珠玉をくにゅくにゅと転がしてくる。

「あっ、あ！　そ、こっ、だ、め」

「気持ちよくない？」

「そ、な、でもっ、ああっ、ぁうう、はああ」

指の刺激があまりにも強くて、どうにかなってしまいそうだったから、腰を揺すって逃れようとするけれど、マティアスは逃がさず、指で蜜をすくい取っては敏感な粒に施して、撫でさすってくる。

何度も繰り返されると、鮮烈な快感の火花が弾けて、お腹の奥のほうにぱっと燃え移り、大きく爆ぜたようになって――――。

「ぁ、あっ……、あぁぁ――――」

瞬間、ヴィオラの視界は真っ白になり、体を天の高みへと大きく投げ出されるような感覚に襲われた。

真珠玉はひくひくと疼き、下腹部の奥がきゅうきゅうと何度も収縮して、そのたびに激しい悦びが体の隅々まで駆け抜ける。

鼓動はドッドッと大きく響き、呼吸が止まりそうになったけれど、怖い気持ちは一切なかった。ただ強烈な喜悦だけがこの身を支配して、ヴィオラを覆い尽くしている。

こんな感覚は初めてだ。これは、いったい……？

「気をやったのかい、ロザリア？」

「き、を……？」

「ふふ、そうか。初めてなのだね？　気持ちがよかっただろう？」

マティアスがそう言って、ねぎらうように額に口づけてくる。

彼の言うとおり、何やらとてつもなく気持ちよかった。体が浮遊したようになって、お腹の底から悦びがどう、と湧き出してきたみたいだった。

こんな感覚になるなんて、まさか想像もしていなかった。

「あなたはとても可愛い。もっとたくさん、達かせてあげようね」

「い、く……？　ぁ、んん、陛、下……！」

マティアスが指で再び蜜の壺の入り口あたりに触れ、花びらをほどくみたいにそっとかき混ぜ始めたから、頼りなく声を立てる。

そこは先ほどよりもさらにとろりとしていて、マティアスが指を動かすだけでくちゅ、と水音が上がる。

ひどく淫猥な音で、耳に届くだけで恥ずかしくなってしまうのだが、いまだ余韻が冷めぬ体をまた焚きつけられると、すぐに新たな悦びの兆しが広がってきた。

「やっ……、へい、かっ、なか、はっ」

もしかして一度「達って」しまうと、どこまでも感じやすくなってしまうのだろうか。

マティアスが指の先を壺の中に差し入れてきたから、思わず首を横に振る。マティアスが胸にちゅっと口づけて、安心させるように告げる。

「大丈夫。あなたのここは私を受け入れたがっている。こんなにも蜜をこぼしているのは、そういうことなのだよ？」

「陛下を、受け入れ、る？」

「ああ、そうだ。素敵だよ、ロザリア」

「はぁ、あ、あっ」

マティアスがうっとりと言って、汗ばんだ乳房にしゃぶりつき、つんと立った乳首を舌で舐り上げる。

そうしながら蜜壺の中を指で探られ、ゆっくりと出し入れされ始め、ぐずぐずと意識を溶かされてしまう。

マティアスを受け入れる、というのは、こうして体の中にまで触れられて気持ちよくなり、あられもない姿をさらすことなのだろうか。これが、寵姫のおつとめ……？

「あっ！　ううっ」

「ここ、いい？」

「はあ、ああっ」

柔らかい肉の筒を探る指が、お腹の前側に敏感な場所を見つけて、ぐっと押し上げるみたいに撫で回してくる。

先ほどのパール粒ほど過敏ではなかったが、そこにも何か快感の泉のような場所がある。

左右の胸の果実をマティアスの口の中でもてあそばれながら、蜜にまみれた筒の中ほどを指で執拗にこすられると、お腹の底にまたひたひたと悦びの波が立ってきた。

「んんっ、へい、か」

「よくなってきたかい？　中、とろとろで柔らかくなってきたね？」

「あぁっ、ふ、ぁあ！」

中をなぞる指を二本に増やされ、小刻みに揺するように動かされて、知らず腰が跳ねる。

ヴィオラのそこはもうすっかり蕩けきっているみたいだ。二本の指を柔らかく受け入れて、動きに合わせて蠢動しているかのように。

まるでマティアスの指と、一つに溶け合おうとしているかのように。

「あ、あ、陛下っ、お腹が、また……！」

「達きそうなのかな？」

「わ、から、なっ」

「ふふ、そうか。じゃあ、確かめてみよう」

「ああっ、あああ……！」

指の動きを速められ、中がジンと熱くなったと思ったら、また大きな波が爆ぜて、頭が真っ白になった。

再びの悦びの頂。マティアスの指を締めつけるように肉筒がきゅうきゅうと収縮し、そのたびに鮮烈な快感が全身を駆け抜ける。

先ほどよりも、なんだか体の深いところがひくひくとしびれているような感じがするのは、体内に触れられて気をやったせいなのだろうか。

「中で達けたね。あなたは本当に、素敵だ」

淑女らしく恥じらうことすらできぬまま、息を乱して悦びに身を震わせるばかりのヴィオラに、マティアスがどこか潤んだ声で告げる。

ヴィオラの中からそっと指を引き抜き、絡みついた蜜を舌先でねろっと舐め取って、マティアスが独りごちるように続ける。

「甘い蜜もたっぷり出ているし、中も十分に熟れている。これならもう、一つになれるかな」

「ひ、とつ……」

「ああ、そうだ。私とあなたとは、これから一つになって甘く溶け合う。恐れず、私にすべて委ねてくれるかい、ロザリア？」

マティアスが何を言っているのか、快楽で蕩けた頭にはなんのことやらわからないけれど、一つになる、という言葉には何かとても甘美な響きがある。それこそが男女のこと、その一番秘められた、奥義のようなものなのだろうか。

「……陛下の、お心の、ままに」

半ば放心した声で言って、マティアスの青い目を見つめると、そこにかすかな火がともるのが見えた気がした。ゆっくりと身を起こして、マティアスが言う。

「あなたの言葉がたとえ義務感から出たものだとしても、あなたがそう言ってくれて、こんなに嬉しいことはないよ、ロザリア」

「へ、いか……？」

「この責任は必ず取る。どうか私を信じて、心穏やかにしていてくれ」

(責任、だなんて)

皇帝なのだから、思うがままに振る舞っても、きっと誰も非難したりはしないだろう。なのに地方の貴族の娘の、しかも本当は身代わりであるヴィオラに対してそんなふうに言ってくれるなんて、なんだかこちらが恐縮してしまう。

人として、女として、大切に扱われることの嬉しさはもちろんあるけれど、そうしてくれる人を自分は騙しているのだと思うと、かすかに胸が痛む気持ちもなくはなく――――。

「……一つになってもいいかい、ロザリア？」

マティアスがシャツを脱ぎ捨ててヴィオラの開いた脚の間に移動し、上体をこちらに傾けて訊いてきたから、はっとして見上げる。

露わになったたくましい胸にドキリとしてしまい、頬を熱くしながら目を閉じて、ヴィオラは告げた。

「はい、陛下っ……」

場違いに元気な声を出してしまったせいか、マティアスがふふ、と笑い、それから力強い腕でヴィオラの両脚を抱えて小さく息を吐いた。

秘められた場所に何かとても熱くて硬いものが押し当てられ、思わず息をのむと、温かく潤んだそこに、それがぐぷりと挿ってきた。

「……っ……！」

あまりの衝撃に、一瞬何が起こったのかわからなかった。

先ほどの指などとは比べものにならないくらいの熱を帯びた、とても大きな塊。それがヴィオラの処女の身体を貫いて、大きく引き裂こうとしているかのようだ。こんな経験は初めてで、思わず息を詰めてしまう。

するとマティアスが、そっと口唇を指でなぞってきた。

「息を止めないで、ロザリア。体に力が入らないように、ゆっくり呼吸してごらん」

「は……、ぃっ」

答えたものの、じわり、じわりと行き来しながらヴィオラの中に侵入してくるそれは、あまりにもすさまじいボリュームで、体がわなわなと震えてしまう。

どうやらそれは、マティアスの男性の証であるようだ。一つになる、という言葉の意味はわかりすぎるほどわかったけれど、体を引き裂かれるような不安に、知らず息が浅くなって喉がカラカラに渇いてくる。

このまま自分はいったいどうなってしまうのだろう。そう思うと怖くてたまらない。

取り乱してしまいそうになり、ヴィオラは喉奥から声を絞り出した。

「あ、あ、陛、下っ……!」

「苦しいかい?」

「い、えっ、でも、怖、いっ」

目を閉じたまま、泣き出しそうな声でそう言うと、マティアスがああ、と吐息のような声を洩らした。

「そうか、怖いんだね？　大丈夫、何も恐れることはないよ」

「で、もっ」

「目を開けて、私を見てごらん」

「……っ」

優しい声音に、おずおずと瞼を開く。

目の前にマティアスの端整な顔があり、青い目がこちらを見つめている。

髪は優美に乱れ、額にはうっすらと汗がにじんでいる。

その顔には、何か少し苦しんでいるような、それでいながら喜びも垣間見える(かいまみ)ような、なんとも甘く匂い立つような表情が浮かんでいた。

帝国皇帝の地位にふさわしいりりしさと、男性らしいたくましさを兼ね備えたマティアスが、そんな表情を見せるのだとは夢にも思わなかった。とても艶めいていて、胸がドキドキしてしまう。

美しい笑みを見せて、マティアスが言う。

「あなたの中、とても温かくて柔らかいんだ。私を甘く包み込んでくれているよ？」

「へ、いか」

「ほら、わかるかい？　私とあなたが、隙間なくぴったりと寄り添っていく。今私たちは、本当に一つになっているんだ」

「ぁ……、んっ……」

ヴィオラの口唇に優しいキスを繰り返しながら、マティアスがそろり、そろりと腰を揺すって、己をヴィオラの中に沈めてくる。

やはりボリュームはすさまじいけれど、彼の温かい口唇の感触に、徐々に不安が和らいでくる。ヴィオラの中も少しずつ応えて、彼の剛直をのみ込んでいくみたいだ。

思わずマティアスの胸にすがると、彼が上体をこちらに寄せ、キスを深めてきた。

「うん、ぁ、むっ……」

口唇をちゅぷ、と吸われ、舌を食まれてちゅるちゅると吸い立てられて、うなじのあたりに甘いしびれが走る。

キスをされると体の芯がジンと熱くなって、お腹の底のほうがひくりとする。

するとマティアスの雄の証を受け止める蜜筒がまた少しとろりとして、彼に甘く絡みつく。

やがてあわいにマティアスの下腹部が押し当てられ、彼が動きを止めたので、完全に一つになったのだとわかった。

ふう、と一つ深い息を吐いて、マティアスが告げる。

「あなたの中に入ったよ、ロザリア。私を感じるかい？」

「は、い」

（とても、大きくて、熱いわ）

どうなってしまうのかと怖かったが、お腹の奥まで彼で埋め尽くされてみると、何か少し充足感がある。

男と女とは、こんなふうに一つになれるのだ。

「ああ、本当に夢のようだ。あなたと、こうなれるなんて！」

「つ、あ！　へい、かっ、そ、なっ、動い、ては……！」

ヴィオラの秘筒を奥まで埋め尽くした熱杭を、マティアスがゆるゆると前後に動かし始めたので、驚いて首を横に振った。

柔らかい襞をまくり上げるみたいに剛直で何度もこすられ、体がみしみしときしむみたいだ。やっとの思いで彼を全部受け入れたのに、そんなふうにされたら今度こそ身を引き裂かれてしまうかもしれない。そう思うとまた恐怖心が高まってきて、体が震えそうになったけれど。

「ぁ、あんっ」

腰を揺すって中をこすり立てながら、マティアスがヴィオラの左の乳房に口づけ、乳首を舌で撫で転がしてきたから、びくんと腰が揺れた。

右のほうも手で揉みしだかれ、乳首を指先でくにゅくにゅといじられて、そこでもまた感じさせられる。

するとそのしびれがお腹の底にも伝わって、熱い杭が行き来する肉筒にじゅ、と愛蜜があふれるのが感じられた。マティアスが優しくトン、トンと突いてくる最奥にも、かすかな疼きが走り始める。

「あ……、あぅ、ん、ふっ……」

お腹の中の変化に戸惑っていたら、マティアスがまた口づけてきて、舌で口腔をまさぐり、上あごをねろねろと舐めてきた。

敏感な場所を次々愛撫（あいぶ）されると、熟れた蜜壺はますます潤んで、マティアスの動きが徐々にスムーズになり始めた。

「ん、う、ぁあ、あっ」

「よかった。あなたの中、すごくなめらかになってきたよ？」

マティアスが言って、雄を行き来させる動きを少し速める。

滴る蜜があふれてくるのか、肉の楔（くさび）を引き抜かれ、はめ戻されるたびくちゅ、ぬちゅ、と卑猥（ひわい）な音が聞こえてきて、ヴィオラの鼓膜を恥ずかしくくすぐる。

かすかに息を乱して、マティアスが言う。

「素敵だ、ロザリア。あなたが、花開いていくみたいだ」

「陛下……、ぁっ、ああっ！」

マティアスがわずかに腰を浮かせて、ヴィオラの中で角度を変えると、どうしてか背筋をビンと強いしびれが駆け上がって、知らず声が裏返った。

おお、と楽しげなため息をついて、マティアスが言う。

「あなたも、よくなってきたのかい？」

「よ、く？」

「ここをこうすると、いいんだろう？」

「あっ！　は、ああっ、あっ」

先ほどマティアスが指で触れてきたところだろうか。指よりも大きくて熱い彼の切っ先でなぞられると、悲鳴を上げそうなほど感じてしまう。

無意識に腰を上向けたら、マティアスが狙いを定めたように、そこをぐいぐいとこすり上げてきた。動かれるたびそこに凄絶(せいぜつ)な悦びの火花が散って、視界がぐらぐらと揺れ動く。まるで夢でも見ているみたいに。

「ああっ、はぁ、ああ、あああぁっ」

もはや淑女らしく取り繕うこともできず、ただ快感に酔って淫らな声を上げる。

自分がこんなふうになるなんて思いもしなかったけれど、マティアスが与える悦びは圧倒的で、ヴィオラはただかき乱され、身も心も揺さぶられるばかりだ。

マティアスが眉根をきゅっと寄せて言う。

「ああ、あなたの中が、私にしがみついてくるっ。私も、たまらないよ」

「陛下っ」

「あなたがこんなにも悦びに素直だなんて、本当に嬉しい。あなたは素晴らしいよ！」

「ひ、あっ！　ああっ、はぁああっ」

マティアスが苦しげに目を閉じ、しなやかに腰を揺らす。

大きな動きで中をかき回されると、意識をしっかりと保つことすら難しくなった。

そうしてまたどこからか、あの頂へと向かう大波がひたひたと近づいてくる。

「ぁ、うぅ、へい、かっ、わ、たし……！」

「わかるよ、気をやりそうなんだね？」

「は、い、ぁあっ、も、もう……！」

「いいよ、私ももう、達きそうだ……！」

熱に浮かされたみたいなマティアスの声。劣情に潤んだその声を聞きながら、ヴィオラは小さく悲鳴を上げて、頂に達した。

「あっ……、あぁっ……！」

きゅうきゅうと収縮する蜜筒を激しくこすり立てられ、ズンズンと何度も最奥を突き上げられて、くらくらとめまいを覚える。

真っ白な頂を力なくたゆたっていると、やがてマティアスがおう、と雄々しい声を一声発して、ヴィオラの奥で動きを止めた。

「く、う……！」

喉奥でうなるような声を発して、マティアスがぶるり、ぶるり、と獣のように身を震わせる。そのたびにヴィオラのお腹の奥に、何か熱くて重いものが吐き出される。

まるで男性そのもののようなほとばしりを浴びせられ、それだけでまた小さく極めそうになってしまう。

これが男女のこと、その秘儀なのだとわかって、まなじりが涙でじわりと濡れる。

話すことすらはばかられると教えられてきた秘め事が、こんなにも気持ちのいいことだったなんて。

（でも、おつとめなのに、こんな……）

もしも途中で何か間違った方向へ行ってしまったのでなければ、これが寵姫の「おつとめ」だということになる。

おつとめなのにこんなに乱され、気持ちよくなってしまったりして、許されるものなのだろうか。自分は皇帝であるマティアスに、淑女としてあるまじき醜態をさらしてしまっているのではないか。

激しい情交と快楽の余韻に震えながらも、今さらのようにそう気づいて焦りを覚える。

何か申し開きの言葉を口にしなければ。ヴィオラはそう思い、愉悦の名残のせいか回らぬ舌を懸命に動かして言った。

「……へい、か、わた、しっ……」

「ふふ、何も言わなくていいよ。とても気持ちがよかったのだろう？」

「っ……」

「可愛いね、あなたは。私もとても気持ちよかった。こんなのは初めてだ」

マティアスが言って、端整な顔に悩ましげな表情を見せる。

「初めて悦びを知ったあなたに、あまり負担をかけるべきではないと、もちろんわかってはいるのだが……、正直に言うと、もっと欲しい」

「もっ、と？」

「ああ。あなたがあまりにも素敵すぎるから、私は、もうっ……！」

「陛下……、あっ、ぁあああっ……！」

マティアスがまた腰を使い始め、まだ熱く息づいている彼自身でヴィオラを内から愛撫し始めたから、止めようもなく声が洩れる。

何かちゃんとしたことを言わなくてはと思うのに、思考はどこかに飛散して、意識がぐずぐずと蕩けだす。体にくすぶっていた喜悦の火種がまた煽（あお）られて、お腹の奥がひくひくと震え動く。

どうやら、おつとめはまだ続くようだ。荒い吐息をこぼしながら律動するマティアスの胸にすがりついて、ヴィオラはひたすら啼（な）き乱れているばかりだった。

「……う、ん……？」

部屋に明るい光が差し込む気配を感じて、ヴィオラは目を覚ました。

修道院の朝はいつも早く、夜明け前には起き出していたので、一瞬寝坊をしてしまったかと焦ったが、そういえば帝都に上がったのだったと思い出した。

でもここがどこなのだったか思い出せない。

スカラッティ男爵夫人の屋敷について、宮殿に上がって、それから――。

「――――！」

ベッドに横たわる自分が一糸まとわぬ姿で、しかもその体にたくましい腕が巻きついていたので、思わず悲鳴を上げそうになった。

おそるおそる振り返ると、背後にはマティアスが裸で横たわっており、ヴィオラの体を背中から包むみたいに抱いて、静かに眠っていた。

（……そうだったわ。わたし、皇帝陛下と……！）

昨日は夜になってから再び宮殿に上がり、皇帝であるマティアスの私室に招かれて、そのままおつとめをすることになったのだった。

思い出すと恥ずかしくなるくらい淫らに啼かされ、何度も悦びの頂へと投げ出されて、ヴイオラは最後には気を失うみたいに眠りに落ちた。

一夜をともにする、という言い方があるけれど、もしかしてこれこそが、そうなのではないか。

(今のうちに退出したほうがいいのかしらっ？　でも、裸だし……)

「そういうこと」になったら陛下にお任せするようにと言われていたが、その後どうしたらいいのかは何も言われていない。

脱いだドレスはすぐそこにあるものの、髪は下ろしているし、化粧もはげ落ちて……。

「……ん」

どうしたらいいのだろうと悩んでいたら、背後でマティアスが小さく身じろいだ。

顔を向けると彼の瞼がゆっくりと開いて、青く美しい瞳がこちらを見つめる。

一瞬、その顔に嬉しそうな笑みが浮かびかかったが、すぐにその目がはっと見開かれた。

探るみたいに、マティアスが言う。

「ロザ、リア？」

「……は、はい。あの……、おはよう、ございます」

「……ああ、なんてことだ……、私としたことが、感情のままにあなたを求めて、朝まで引き留めてしまったなんて！」

マティアスが嘆くみたいに言って、申し訳なさそうに続ける。

「すまない、ちゃんと昨日のうちに帰すつもりだったのに、こんなことになって！」

「いえ、その、お気になさらないでください、陛下」

「しかし、あなたは初めてだったのだろう？　どこかつらかったり、痛かったり、哀しい気持ちだったりは、しないかい？」

気遣いを感じさせる優しい声で、マティアスが訊いてくる。

特に痛みなどはないし、気持ち的にも落ち着いているので、そう訊かれたこと自体やや驚いたが、それは一昨日（おととい）の昼間、彼がマックスとして見せてくれた気遣いや親切をヴィオラに思い出させた。

突然こういうことになって、こちらが混乱したり動揺したりしていないか、心配してくれているのかもしれない。

(どこも痛かったりは、しないけれど……)

自分でもわけがわからなくなるくらい乱れてしまって、まだ昨日のことを冷静に振り返ることができない、というのが正直なところだ。

でも、あれがヴィオラがすべき「おつとめ」であった以上、きちんとできていたのかどうかは確かめなければならない。

ヴィオラはためらいながらも言った。

「あ、あの、わたしはなんともありません、陛下。でもその、お聞きしたいことが」

「なんだい？」

「その……、わたしは、きちんとおつとめを果たせていたのでしょうか？」

「ん？　つとめ？」

「はい。昨日の陛下との、そのっ……」

頬が熱くなるのを感じながら、もじもじと訊ねると、マティアスがどこか当惑したみたいな顔でこちらを見つめてきた。

それから何か思い至ったようにああ、と声を発し、小さくうなずいた。

「……そうか、つとめ、と言っていたのだったね、そういえば。すっかり忘れていたよ」

マティアスが思い出したように言って、なぜだか少し寂しそうな笑みを見せる。

「うーん、そうだな。それは確かにそうだったし、むしろそれ以上に最高だったのだが、なんというか、あなたがつとめをつとめと思わなくなるというのが、私の望みなのだよね」

「つとめをつとめと思わなくなる、ですか？」

「うん。だがまあ、それは当然、私次第ではあるな。つまり私は全力を出さねばならない。むろん、男として当然のことだがね」

「……？？」

独り言のようなマティアスの言葉の意味がよくわからず、困惑しながら顔を見つめる。優しい笑みを浮かべて、マティアスが訊いてくる。

「あなたは、あれが嫌ではなかったかい？」

「えっ、ええ、と……」

あれ、とは、昨日の行為のことだろう。

なにぶん初めてのことで、ちゃんと思い出そうとすると思考が固まる。

ところどころ前後不覚になっていたときもあったりしたので、嫌だとかなんだとか、考えたり思ったりする余裕はなかった。

ただあまりにも気持ちよくなりすぎていて、それを恥ずかしく感じてはいたと思う。

ヴィオラはおずおずと告げた。

「嫌、ということは、なかったです。ただとても、恥ずかしくて」

「恥ずかしい、か。あなたはとても素敵だったけどね？」

「そっ、そう言ってくださるのは、ありがたいことですがっ」

「だが、嫌でなかったのならよかった。私はこれからも、あなたにあのつとめを果たしてもらいたいと思っている。ほかの誰でもない、あなただけにだ」

「わたし、だけにっ……？」

思わぬ言葉に驚かされる。

昨日だけでもたくさんの貴族の令嬢が拝謁を賜っていた。いきなりの出仕を命じるのは珍しいことだとスカラッティ男爵夫人は言っていたが、まさか自分だけを特別に召し上げようと考えているなんて思いもしなかった。

これはもしや、とてつもない重責を担うことになってしまったということでは……？

「ただ、それにあたっては、あなたに一つだけよく覚えておいてほしいことがある」

「はい、どのようなことでしょうか？」

「昨日のようなつとめの間、あなたがもしも、何か少しでも嫌だと感じたなら、すぐにそれを私に伝えなければならない、ということだ」

「……すぐに、陛下に」

「そう、すぐにだ。昨日、私はあなたに、『寵姫に取り立てる』という言い方をしたね？だが私が皇帝であなたが寵姫だからといって、あなたが私に何か告げるのに遠慮などしてはいけない。私があなたとの間に望むのは、主従関係ではないのだからね」

マティアスが言って、愛おしげな目をしてヴィオラの髪を撫でる。

何か言うのに遠慮をしない関係。

貴族の男と女の間、しかも皇帝陛下とただの貴族の娘との間で、そのような関係になることが可能なのだろうか。

よくはわからないけれど。

「ふふ、私が言っていることが、よくわからないかい？」

「は、はい、申し訳、ありませっ……」

「いいんだ、謝らないで。ゆっくりわかってくれればいい。私が言ったことも、私のこともね」

そう言ってマティアスが、ヴィオラにのしかかってくる。

「私も、早くあなたをわかりたい。もっとあなたを知りたいんだ」

「わたし、を……？」

「可愛いよ、ロザリア。あなたの素敵な姿を、もう一度見せて？」

「ん、うっ」

口づけられ、裸身を優しく撫で回されて、体の奥で昨日の残り火がかすかに揺らめく。

もしかしてこれは、このままおつとめの続きが始まる感じだろうか。また自分を保てないほど気持ちよくさせられてしまったらと思うと、恥ずかしいけれど。

(わたしだけが、すべきことなら……！)

思わぬ事態になってしまい、さすがに動揺しそうになるが、身代わりとはいえこうした役割を与えられた以上、なすべきことをしなければ。

キスで蕩け始めた頭でそう思いながら、ヴィオラはマティアスに身を委ねていた。

第三章　寵愛——日々、おつとめに啼き乱れて

「このまま、一つになろうか」

「この、まま？」

　宮殿の中にある、ヴィオラの私室。

　マティアスが「あなたのベッドで愛し合いたい」と望んだので、ヴィオラは狭いベッドに腰かけた彼の膝の上に座り、身を委ねている。

　薔薇色のドレスの胸元をほどかれて露わになった乳房に口づけられたり、裾から脚の間へと滑り込んだ指先で秘められた場所をまさぐられたりして、ヴィオラはもう二度も気をやっていて、体はすっかり熟れてしまっているけれど、このままここで一つになるのは、さすがに難しいのではないか。何しろ男女のことを営むにはどうにも手狭なベッドだし、ドレスも脱がなければならないし……。

　快楽で溶け始めた頭でそう思っていると、マティアスがヴィオラにキスをしながら、衣服の前を手早く緩めた。そうしてヴィオラの体を持ち上げ、向き合った体勢で馬にでもまたがらせるように脚を開かせてくる。

「あ……、こんな、格好っ……」

服を着て、座ったままで行為に及ぶなんて、まさか思いもしなかった。

シーツに膝をついてマティアスの腿をまたいだ格好が、なんともはしたなくて恥ずかしい。いたたまれず顔を伏せると、マティアスがドレスの裾を持ち上げ、ヴィオラの腰を支えて言った。

「ゆっくりと、腰を落としてごらん」

「こ、しを……、あぁっ」

言われるまま腰の位置を下げると、マティアスが彼自身の切っ先でヴィオラの秘裂をひと撫でして、ぬぷりと雄をつないできた。

そうしてそのまま、剛直でヴィオラの華奢な体を挿し貫いてくる。

「あ……、あ、ぁっ……!」

熱く雄々しいマティアスの男性の証。

それをこの身で受け入れるようになって一か月ほどだが、一つになる瞬間の衝撃にはまだ慣れない。こうして座ったままするなんてとても不安定だし、上手くできるのかひやひやするけれど。

(こういうおつとめも、できるようにならないと、いけないのねっ……?)

初めての「おつとめ」から数日ののち。

ヴィオラはグランロランディア宮殿の一角に、日々寝起きするための小さな部屋をもらった。あまり騒がれたくないというマティアスの意向で、表向き見習いの女官として、宮殿に住まわせてもらう形になったのだ。

ダンベルト伯爵にもあえて知らせてはいないようだが、ヴィオラはそれから、毎日のようにマティアスの寝室に呼ばれ、夜の時間をともにしている。

ヴィオラのお目付け役として、身の回りの世話や日用品、ドレスなどの手配をしてくれているスカラッティ男爵夫人によれば、マティアスが誰か気に入った女性を寵姫として遇するのは、本当にこれが初めてらしかった。

『陛下はあなたをとても気に入られたご様子ね。政治や軍務でお疲れの皇帝陛下をお慰めできるなんて、本当に名誉なことですわ！』

スカラッティ男爵夫人にことあるごとにそう言われ、日々美しいドレスや装飾品を身に着けさせられるので、ヴィオラもごく真面目（まじめ）につとめに励んでいる。

身代わりがばれてはいないとはいえ、本当にこれでいいのだろうかと、ほんの少しだけ思いつつ――――。

「ああ、深いね。すごく奥まで、あなたとつながっている気がする」

「へい、かっ」

「ほら、こんなに奥まで、届いているよ？」

「あっ、ぅうっ……！」

マティアスにトン、と最奥を突かれて、びくりと腰が跳ねる。

自分の体の重みがあるせいか、確かにいつもよりも深くまで彼をのみ込んでいるようだ。

お腹の中が彼でいっぱいになって、充溢感(じゅういつかん)に震えそうになる。

「あなたの中が私に絡みついてくる。もう、動いてもよさそうだね？」

大丈夫だとはわかっていても、身を裂かれてしまいそうな不安を覚えてしまうのだけれど。

甘い劣情のにじむ声で、マティアスが告げる。

「私の首に、しっかりとつかまっていなさい。我を忘れて振り落としてしまうかもしれないからね……！」

「は、いつ、ぁ……、ああっ、はぁ……！」

いつになく激しい動きに、慌ててマティアスの首に腕を回す。

深くのみ込んで逃れようがないせいか、突き上げられる衝撃がすさまじい。暴れ馬に乗るというのはこういう感じなのだろうか。

ほんの少しおののいたけれど、ヴィオラの体はもう知っている。お腹の中で暴れ回る彼のそれが、ヴィオラにとてつもない悦びをもたらしてくれることを――。

(やっぱり、気持ちよくなってしまうんだわ、わたしったらっ……！)

じわじわとお腹の底に広がってくる悦びの兆しに、頭がかあっと熱くなる。

真面目におつとめを果たしているだけなのに、ヴィオラはいつでも快感を覚え、淫らに啼き乱れてしまう。とても恥ずかしくてたまらないのだけど、マティアスはヴィオラがあられもない姿を見せれば見せるほど、ますます行為を求めてくる気がする。気持ちよがればよがるほど、嬉しそうな顔を見せるのだ。

「ぁ、あっ、陛下っ」

「気持ちよくなってきたかい？」

「う、んっ」

「可愛いよ、ロザリア。もっと声を聞かせて？」

「はぁっ、ああっ、ぁああ」

マティアスに腰をつかまれて揺さぶられ、下からズンズンと熱杭で突かれて、悦びで上体が反り返りそうになる。知らず腰が弾み、女官たちに声を聞かれるかもしれないのに、はしたない声をこらえることもできない。

まるで体中が悦楽のとりこにでもなってしまったみたいだ。

「あ、ああっ、こ、なっ、わた、しっ、はぁ、あ、あ」

悦びと羞恥に意識をかき回され、次第に我を忘れていく。

その様子を愛おしげに見つめるマティアスに、まなざしでも愛撫されながら、ヴィオラは喜悦に耽溺していった。

そんなふうに「おつとめ」に励む毎日を送っていた、ある日のこと。

「……待って、そっちに行っては駄目よ、ミミ、ルル！」

大きな鷲が翼を広げたような形をしている、グランロランディア宮殿。

その西翼の二階、大小様々なサロンが続く廊下を駆けながら、ヴィオラは小声で言った。

廊下の先には、グレーの子猫が二匹。

帝都に上がる途中の森で、ヴィオラが助けた子たちだ。マティアスが彼の飼い猫として引き取り、ヴィオラを世話係にしてくれたので、今は宮殿の中で一緒に暮らしている。

怪我も治ってすっかり元気になり、一回り大きくなってとても可愛い盛りなのだが、旺盛な好奇心を発揮して宮殿をあちこち歩き回るので、追いかけるのがひと苦労だ。

特に宮殿の西翼二階は名のある大貴族の当主たちの社交場で、昼間でも何かしら重要な会合が開かれている。マティアスの猫とはいえ、ふらふらしていては邪魔になるかもしれない。

「あっ、いけないわ、そのお部屋は……！」

二匹の子猫たちが、廊下の奥にある大きな扉の隙間から中に入っていってしまったので、慌てて扉の前まで行く。

そこは一番大きなサロンで、中からは人声が聞こえてくる。

ちらりと中を覗いてみると、うっすら葉巻の煙が漂っている中に、たくさんの貴族の男性たちがいるのが見えた。

『……休憩は何時まででしたかな？』

『半時後までですよ。しかし、陛下が戻られて会議を再開したとて、話は空転するばかりでしょうな。皇帝陛下ご自身が態度を決めかねておられるのだから！』

ひげを蓄えたひときわ貫禄のある貴族男性が、どこか苛立たしげに言う。

どうやら会議は休憩中のようだが、ずいぶんとピリピリした雰囲気だ。ひげの男性の向かいに座る恰幅のいい男性が、なだめるように言う。

『まあまあ、ファルネーゼ公。そう申し上げては角が立つというもの。帝国の将来を見据えて、陛下もお考えがおありなのでしょうし』

『それはもちろんわかっているとも、ベルーナ卿。私だとて帝国の繁栄を望んでいる。だからこそ、帝国皇帝の重責をロランディア王家のみに負わせる世襲制は、いかがなものかと申している』

『しかし、ファルネーゼ公、そもそも我々は――』

(あの方が、ファルネーゼ公爵様……)

確か父伯爵の口から、その名前を聞いた気がする。マティアスを痛烈に批判して、ファルネーゼ公爵が皇帝になるべきだったと、そんなことを言っていたような……。

「……ロザリアッ？」

返った。

「っ？」

サロンの中をちらちらと覗いていたら、いきなりさわやかな声が届いたので、驚いて振り返った。

そこには若い貴族男性が二人立っており、その片方、黒髪短髪の男性が目を丸くしてこちらを見ていた。男性が顔をほころばせて言う。

「ああ、こんなところできみと会えるなんて夢みたいだ。嬉しいよ、ロザリア！」

「え、ええとっ」

「きみが行儀見習いのために帝都に上がったと聞いて、とても心配していたんだ。僕もそうさせてくれと父上にお願いしたのだけど、ほら、ファルネーゼ家には五人も兄弟がいるだろう？　すでに軍属もいるのだから今さら必要ないって、許してもらえなくてね。でも何度もお願いしていたら、こうやって会議で帝都に上がるのにお供させてもらえたんだ。ここできみに会えるなんて、僕らは本当に――――！」

「先に戻ってるぞ、ラウル」

熱っぽくまくし立てる男性に、もう一人の男性が気を利かせたふうに言って、先にサロンの中に入っていく。

まったく何者なのかわからなくて心底焦ってしまったが、とりあえずこの男性はファルネーゼ公爵の息子で、名はラウルというらしい。

でも、姉のロザリアとはいったいどういう関係なのか。どうしてこんなにも興奮気味に話しかけて……？

（あら。もしかしてこの方、お姉さまのっ……？）

ファルネーゼ公爵家の末の息子との縁談がどうとか、確か父伯爵とロザリアが話していた気がする。ラウルは年齢的にも若そうだし、ひょっとしてその末息子なのだろうか。

もしもそうだとすると、かなり親しい間柄だ。ヴィオラが身代わりであることが、ほかの人よりもあっさりばれてしまう可能性がある。

姉らしく振る舞おうにも、七年も離れて暮らしていたからどんな様子なのかわからない。

できるだけ早く彼の前を去らなければと、冷や汗が出てくる。

でも、子猫たちを置いていくわけにもいかない。大事な会議が行われているサロンの中に、のこのこと入っていくわけにもいかないけれど……。

「――――それで僕は、兄さんたちに……」

「あの、ラウル様！」

ヴィオラ相手に切々と近況を語っていたラウルを、思い切って遮ると、ラウルが口をつぐんでまっすぐにこちらを見た。

まじまじ見られると正体がばれてしまいそうだったから、ヴィオラはサロンのほうを向いて言った。

「……その、実は子猫が二匹、こちらのお部屋に入っていってしまってっ」

「子猫？」

「皇帝陛下が可愛がっていらっしゃる子猫たちで、私がお世話するよう命じられているのです。だから……！」

「なんだ、そうだったのか。じゃあ僕が連れてきてあげる。待っていて？」

ラウルが明るく請け合って、サロンの中に入っていく。

しばらく待っていると、やがてラウルがミミとルルを抱いて戻ってきた。二匹をそっと受け取って、ヴィオラは言った。

「ありがとうございます、ラウル様」

「気にしないで、ロザリア。でも、猫は意外だったな」

「え」

「きみ、前は苦手じゃなかった？　手を引っかかれて怪我をしたとかなんとかで」

「……っ……」

そんなこととは知らなかった。なんとか誤魔化さなければと、ヴィオラは言った。

「い、今はもう、大丈夫ですわっ」

「そう？　それならよかった。実は僕、猫が大好きでね。いずれ飼いたいと思っているんだ、その……、きみとの、新居でも」

かすかに頬を赤らめながら、ラウルが言う。

「例の話、親同士でも話が進んでいるみたいだよ。きみの行儀見習いが終わる頃には、きっといい話を聞けるんじゃないかな？」

「ラウル様……」

やはりラウルは、ロザリアの縁談の相手みたいだ。

でも、ヴィオラは今、ロザリアとしてマティアスの寵姫になっている。おつとめとして、男女の関係にもなっているのだ。

ここにいる間は、絶対に身代わりがばれないよう気をつけなければならないが、行儀見習いがすんだら、今度は逆に自分が身代わりであったことをラウルにきちんと説明しないと、少々ややこしいことになるのではないか。

もしかしてまた一つ、厄介事が増えてしまった……？

「そういえば、ここだけの話だけどね、ロザリア。父上やベルーナ卿、それにダンベルト伯爵が、『三日月亭』で話していたんだけど、父上の悲願が達成される日も、そう遠くはないみたいだよ？」

潜めた声で、ラウルが言う。

「もしもその日が来たら、僕も帝位継承権を持つことになるんだろうね。まあ兄さんたちがライバルにはなるけど、実力主義ということになれば、僕にも皇帝になるチャンスはあると思ってる。そうしたら、きみは未来の皇后だね？」

「……っ？」

「楽しみだよ、ロザリア。そういえば、きみは今どなたのお宅で暮らしているの？」

「あの、ええと……、スカラッティ男爵夫人のところに」

「わかった。きみ宛に手紙を書くからね。それじゃ」

頬を紅潮させながら、ラウルがサロンへと戻っていく。

わけがわからないまま、ヴィオラはしばし立ち尽くしていた。

（いったい、どういうことなのかしら？）

その日の午後のこと。

宮殿の私室で、ヴィオラはラウルとの邂逅を思い返していた。

ファルネーゼ公爵と父伯爵が親しいというのはわかるし、ラウルがロザリアの縁談の相手であることもおそらく間違いないだろう。

でも皇帝はマティアスだし、彼が皇帝として即位したのは、彼の帝国建国に至るまでの多大な功績と、ロランディア帝国の元となった旧ロランディア王国の王族の出という血筋がゆえだ。

帝位は王位同様に、嫡子へと引き継がれるのが当然であるはずなのに、なぜファルネーゼ公爵の家系に帝位継承権が行くような話になるのだろう。

ファルネーゼ公爵の「悲願」とはいったいなんなのか。もしや「三日月亭」なる場所で、そのような話が議論されていたということなのだろうか。

ラウルの話しぶりからは、父伯爵はもちろん、ロザリアも、そのことを知っていて当然だという様子が見えた。ということは、ヴィオラが知らないでいると、どこかで困ることになりかねない。

（やっぱり、一度お父様に相談したほうがいいわね）

マティアスがあまり広めたくないと考えていることもあり、ヴィオラは「ロザリア」が寵姫になったことを、父伯爵には伝えていない。

でもこうしてロザリアとしてラウルと出会ってしまったのだし、縁談の相手だということなら、やはり寵姫になったことは、父にきちんと話しておくべきだろう。その上で、これからどうすべきなのか指示を仰ぐのがいいのではないか。

ヴィオラはそう思い、父伯爵に手紙を書くことに決め、部屋の隅の小さなデスクに向かった。そこには、ヴィオラが自由に使える紙とインクとペンが用意されている。

ことの次第を父伯爵に宛（あ）てて書き、封をしていると、不意に部屋にスカラッティ男爵夫人が現れた。

「ロザリアさん、急いで湯あみをなさい！」

「えっ……、で、ですが、まだ早いのでは……？」

「今夜はね、カルヴィーノ公爵夫人のところで舞踏会があるの。陛下の命で帝都に集められた貴族のご子息やご令嬢、それにもちろん陛下もご列席されるのだけど、ほかならぬ陛下が、あなたも出席させるようにとおっしゃっているのよ！」

「舞踏会、ですかっ？」

当然ながら、出席したことはない。貴族の娘としてのマナーは知っていても、舞踏会でどう振る舞えばよいのかはさすがに知らない。

でも、きっとロザリアなら知っているはずだ。ボロが出てしまうと困るし、なんとか行かない方法はないものか。

「あの、スカラッティ男爵夫人。わたし……」

「心配はいらないわ。あなたが寵姫であることはあくまでも内密に、との仰せですからね、壁の花にでもなっていればいいのです！」

「壁の花」

「さあ、支度を始めますわよ！　今夜にぴったりなドレスが仕上がってきましたの。並みいる令嬢たちの中で、あなたが一番素敵だというところを見せてやりましょう！」

スカラッティ男爵夫人がうきうきと言う。

この人はどうしてこんなにも自分の世話を焼くのが好きなのだろうと、ヴィオラは当初、やや疑問だったのだが、どうやら帝都の貴婦人たちの間では、独自の対抗意識のようなものがあるらしい。ヴィオラがマティアスに気に入られれば気に入られるほど、後見人としては鼻が高い、というようなことを言われたこともある。

期待されても、自分は所詮身代わりなのだけれど。

(何にしても、こうなるとやっぱり、出席しなくては駄目よね……)

ここでは何事も、自分だけのことではないのだ。ヴィオラは出かかったため息をのみ込んで、湯あみをしに行くべく立ち上がった。

その夜、ヴィオラは真新しい薄紫色のドレスを身にまとい、馬車でカルヴィーノ公爵邸に連れていかれた。

旧ロランディア王国の有力貴族の屋敷だけあって、広間はとても大きく、楽団が優雅な調べを奏でている。

フロアの左右には若い貴族の子息や、着飾った令嬢たちがひしめいていて、上座にはマティアスのための玉座が据えられているが、その姿はまだない。

(なんだか、落ち着かないわ)

ヴィオラの周りに腰かけている貴族の令嬢たちは、ちらちらと子息たちに目を向けて、ひそひそと何か話したり、笑い合ったりしている。

ヴィオラとともにスカラッティ男爵夫人の元にやってきた二人の令嬢たちも、扇子の陰に顔を隠しながら、頬を赤らめて男性たちを盗み見ている様子だ。

子息たちのほうは一様に紳士らしく真面目な顔をしているが、やはり時折令嬢たちをちらりと見たりしている。

まるで貴族の子女同士が、お互いを品定めでもしているみたいだ。舞踏会というのはこういう場なのだろうか。

(もう少し、壁のほうに行きたいかも……)

令嬢たちの集団の中では比較的前のほうに腰かけていたが、なるべく目立ちたくなかったから、ヴィオラは静かに立ち上がって、席を移動しようと歩き出した。

すると横合いから、いきなりドンと誰かにぶつかられた。

「……きゃっ」

「あら、ごめんあそばせ。通れなかったものですから!」

ひときわ華麗なドレスの令嬢と、その友人と思しき令嬢たち。

ヴィオラはもちろん、まだ座っていなかった数人の令嬢たちが押しのけられ、そのまま壁のほうに追いやられる。華麗なドレスの令嬢と友人たちが、少しでも目立とうとするように前のほうに陣取ったところで、楽団の演奏がやみ、広間にかすかなどよめきが起こった。顔を向けると、入り口からマティアスが入ってくるのが見えた。

「まあ、陛下がいらしたわ！」

「なんて素敵なのでしょう！」

波がさざめくような声で、令嬢たちがささやき合う。

マティアスが玉座に腰かけ、すっと手を上げると、楽団がまた音楽を奏で始めた。今し方前のほうに陣取ったばかりの令嬢たちが、ひそひそと言う。

「皇帝陛下は、今夜はどなたと踊られるのかしら？」

「この間は踊っていただけなかったけれど、今夜こそ！」

「まずはご挨拶よ。お声かけしていただけるよう、さりげなく近くに行きましょう」

令嬢たちが言って、席を立ってフロアに出ていく。

ヴィオラとともに押しのけられた令嬢たちが、いくぶん眉を顰めて言う。

「まあ、なんて大胆な」

「わたしたちにはとても真似できないわね」

「あの方たちは名家の出で、元々のお家柄が違うもの。でもほら、わたしたちにだって」

一人の令嬢がちらりと目線を向けた先には、貴族の若い子息たちが数人いて、こちらに近づいてくるところだった。

令嬢たちが素知らぬふうを装っていると、やがて子息たちが傍まで来て、いくらか緊張した様子で言った。

「失礼、よろしければ、一曲踊っていただけませんか」

「僕も、よろしければ！」

「ぜひこの僕と！」

一人、二人と、ダンスに誘い、誘われて、フロアには貴族の男女が踊り始める。まるでフロアに貴族の子女たちの花が咲いたみたいだ。

（……ああ、そうなのね。ここは、そういう場なんだわ！）

なるほど舞踏会というのは、こうして貴族の男女が知り合う場所なのかもしれない。

そう思い至って、何か新鮮な発見をしたみたいな気持ちになる。

マティアスのほうにも目を向けてみると、先ほど家柄が違うと言われていた大胆な令嬢たちがいて、首尾よく声をかけられたのか、頬を紅潮させている。

貴族の娘は何事も自分で決めることは許されておらず、将来のことも多くは父親が決めるものではあるが、もしかしたらあの令嬢たちの中から、将来の皇后が生まれたりする可能性もあるのだろうか。

ほとんど他人事のように、そんなことを思っていると――――。

「ロザリア、きみも来ていたんだね！」

「……！」

明るく快活な声にはっと顔を向けると、昼間宮殿で出会ったラウルが、目を輝かせてこちらを見ていた。まずい、と思ったもののもう遅く、ラウルは大げさな身振りでヴィオラの前に膝をつき、手を差し出して言った。

「とても素敵だ。どうか僕と踊ってください」

「ラ、ラウル様……」

(どうしよう……、わたし、踊れないわっ！)

ロザリアなら慣れているだろうが、ヴィオラはダンスなんて習ったこともない。ここで踊ったら間違いなく身代わりがばれてしまう。

ヴィオラは慌てて言った。

「その、すみません！　わたし、とても踊れませんわ」

「なぜだい？　きみはとてもダンスが上手だ。いつもお父上と、それは楽しげに踊っているじゃないか」

(そうなのっ？)

父伯爵がダンスを踊れるなんて初耳だ。ヴィオラが踊れないことが知られたら、ますます不信感を持たれてしまうのではないか。

「ロザリア、皇帝陛下の御前だからといって、恥ずかしがることはないんだよ？　きみは誰よりも軽やかに、まるで風のように踊れるじゃないか！」

「そ、そん、な」

そこまで言われてしまったら、もう絶対に踊るわけにはいかない。ヴィオラは頭を振って拒絶の言葉を告げた。

「ごめんなさい、わたし、踊ることはできないんです！」

「……もしかして、どこか体調でも悪いとか？」

「え、と、それは」

「それはね、私と踊ることになっているからだよ？」

不意に頭の上から朗らかな声が降ってきたから、ラウルと一緒に顔を上げた。

そこに立っていたのがマティアスだったから、ラウルが跳ねるように飛び上がった。

「こ、皇帝陛下っ！」

「横からすまないね。きみは、ええと……」

「ファルネーゼ公爵家の、ラウルと申しますっ」

木でできた人形か何かみたいにがちがちに緊張した面もちで、ラウルが答える。マティアスが鷹揚な笑みを見せて告げる。

「ラウルくん、か。申し訳ないのだが、彼女は私と踊る約束をしていてね」

「お、お約束をっ？」

「うん。宮殿での行儀見習いで毎日気を張っているから、気晴らしにどうかと舞踏会に誘ったのさ。でも少し疲れているようだから、一曲踊ったら帰ることになっている。さあ、行こうか、ロザリア」

「え……、あっ？」

マティアスに手を取られてすっと立ち上がらされ、そのまま流れるようにフロアのほうへと連れていかれたから、一瞬何が起こっているのかわからなかった。ラウルもわけがわからないのか、目を丸くして固まっている。

約束なんてしていないし、第一踊れないのに。

「へ、陛下っ、わたし、踊れませんわ！」

「謙虚なご婦人はたいていそう言うね。でも、上手に踊れるかどうかなんて、気にすることはないのだよ？」

「ですがっ」

「私があなたと踊りたいのだ。どうか私のわがままにつき合ってほしい」

マティアスが言って、演奏を促すように楽団のほうに手で合図を送る。

ゆったりとした舞曲が流れ始めると、マティアスが優しく告げてきた。

「音楽をよく聴いて、私の動きに合わせて動いてごらん。まずは右に。……そう、次は後ろへ……」

「……っ、……」

マティアスが有無を言わさず踊り始めたので、言われるまま足を動かす。

音楽に合わせて体を動かすこと自体、ほとんど初めてかもしれない。今にも無様に倒れてしまいそうで、泣きそうになったけれど。

「そう、上手だよ、ロザリア。音楽が体の中に入ってきたね？」

(音楽が、体に？)

マティアスの言葉に、おずおずと顔を見る。よくわからないが、彼の手つき、声、目の動きが、耳に入ってくる音楽の流れと一つになって、ヴィオラを導いてくれているように感じる。彼を通して、音楽が体を動かしてくれているみたいな……？

「ふふ、思ったとおりだ。あなたと踊るのは楽しいよ。可愛いね、あなたは」

どこかうっとりとした声で、マティアスが言う。

可愛いだなんて、閨で発せられる彼の声を思い出してしまって、なにやら恥ずかしいけれど。

(……楽しい、かも、しれないっ……？)

マティアスに合わせて動く体。揺れる薄紫色のドレスの裾。

目の前にはマティアスがいて、優しく美しい目でこちらを見守ってくれている。

これだって「おつとめ」といえばそうかもしれない。

でも、とても楽しい。

夜のこと同様、おつとめを楽しんでしまうなんて、とかすかに気が咎めるところもなくはないが、ただ楽しい。できないと思っていたことが上手くできたことも嬉しくて、知らず笑みが浮かんできた。

やがて少し息が上がってきた頃、舞曲が終わりを迎えた。向き合ったままヴィオラの手を取り、長手袋をした甲にそっと口づけて、マティアスが言う。

「ほら、ちゃんと踊れただろう?」

「は、はいっ」

「すごくいい笑顔だ、ロザリア」

そう言ってマティアスが、声を潜めて続ける。

「本当のことを言うとね。こういう打算的な舞踏会に呼ばれるのは、うんざりしていたのだよ、私は」

「打算的、ですか?」

「だってまるで、花嫁候補のリストを見せられているような気分だったからね。でも、あなたの打算のない笑顔は誰よりも美しい。呼んでよかったよ、ロザリア」

「陛下……」

若い貴族の子女の出会いの場のようだと思ったが、それは皇帝であるマティアスにとってもそうだったのだ。自分はただ、おつとめの続きのような気持ちで来ただけなのだが。

「ああ、見てごらん、ロザリア。みんながこちらを見ているよ？」

「え……っ」

ダンスの楽しさに夢中で気づかなかったが、ふと周りを見回してみると、広間中の貴族たちの注目を一身に浴びていたから、思わず叫び出しそうになった。

ラウルは先ほどの場所から一歩も動かず顔も体も固まっているし、先ほどの名家の令嬢たちは、ちょっとなんとも名状しがたいものすごい形相でこちらをにらんでいる。

壁の花でいるつもりがフロアの真ん中で皇帝と踊っていたなんて、自分で自分が信じられない。頬が熱くなるのを感じて思わずうつむいたら、マティアスがふむ、と思案げに言った。

「図らずもこうしてお披露目できたのだから、これからはもっといろいろなところに連れていってあげようかな」

「……え……」

「あなたをみんなに知ってほしいんだ。そう、あなたを見せびらかしたい」

「そ、そのような、こと……！」

至って呑気（のんき）な、ほとんど無邪気といってもいいようなマティアスの言葉に、困惑してしまう。あまり知られたくないと言っていたのに急に見せびらかしたいだなんて、いったいどういう心境の変化なのか。

自分は見せびらかすほどの容姿でもないと思うし、ダンベルト伯爵家にしても、そこまでの名家ではない。これ以上目立ったら、身代わりであることが露見する機会も増えてしまうかもしれないのに。

「なぜ、なのですか」

「ん？　何がだい？」

「どうして私のような者に、そのような……？」

ヴィオラからすると当然の疑問をぶつけてみるが、マティアスは何を訊かれたのかわからない、とでもいうように小首をかしげた。

そして彼のほうも、至極当然のことを言ったかのように言葉を返してくる。

「どうしてって、うーん、わからないかい？」

「わかり、かねますが……」

「はは、そうか。うん、でもいいさ。そこがあなたの可愛いところでもあるし」

マティアスが意味ありげな笑いを洩らす。

「じゃあとりあえず、これもつとめだと思ってくれればいい」

「……？」

「私と出かけて皆の注目を集める。それも立派なつとめだよ？」

そんなおつとめがあるものだろうかと、大いに疑問が浮かぶ。それならもっと綺麗な人だとか家柄がいい人だとか、適役がいるだろうに。

「あ、その顔は、ちょっとわけがわからなくなっているね？」

「も、申し訳、ありませっ……」

「いいんだ。でも、どうか私を信じてくれ。決して悪いようにはしないから」

「陛下……！」

――『この責任は必ず取る。どうか私を信じて、心穏やかにしていてくれ』

宮殿での最初の夜、マティアスはそう言ってヴィオラと一つになった。

今こちらをまっすぐに見つめるマティアスの顔には、そのときと同じ真摯な表情が浮かんでいる。

でもそもそも彼は皇帝だし、彼が何か「悪いように」したいのではないか、などと疑ったことはなかった。

姉のロザリアの身代わりであるという秘密を抱えるヴィオラとしては、やはり少し胸の痛むところだが。

(行儀見習いが、終わるまでのことよね？)

結局のところ、行儀見習いが滞りなく終われば、それで終わる話ではある。当面はつとめを続けるしかないのだから、悩んでも仕方ない。小さくうなずいて、ヴィオラは言った。

「陛下の、お心のままに」

ヴィオラの言葉に、マティアスが満足げな笑みを見せる。

周りの好奇の目から逃れるように、ヴィオラはその美しい青い瞳を見つめていた。


翌日の夕刻。

ヴィオラはマティアスとともに、豪奢な四頭立ての馬車の革張りの座席に腰かけて、帝都の大通りを駆け抜けていた。

手を膝の上でぎゅっと握り締めていると、マティアスがちらりと顔を覗き込んで訊いてきた。

「ロザリア、大丈夫かい？　緊張しているの？」

「……少し、だけ」

「はは、そうか。だが、あなたはそのままでいい。周りのことは気にせずただ私の横に座って、歌劇を楽しんでくれたらそれでいいんだよ？」

マティアスがそう言って、ヴィオラの手を優しく握る。

気遣いはありがたいのだが、やはりどうにも気後れがする。

(やっぱりまた、注目を浴びてしまうのかしら……？)

昨日、あなたを見せびらかしたいなどと言っていたマティアス。

早速その言葉を実行に移すことにしたのか、今日の午前中は建設途中のライブラリーの視察にヴィオラを伴って出かけた。

それから、昼食の席と午後のお茶会の席にヴィオラを招いた。

皇帝として即位して以来、マティアスは毎日のお茶の時間を、宮殿の庭の木立に囲まれた場所にしつらえられた長テーブルで過ごすのを習慣にしている。

そこには貴族はもちろん、絵師、音楽家、あるいは商人など、多様な客人が時節に応じて招かれていて、芸事を披露したり、ちょっとした社交や陳情の場にもなっていると、ヴィオラはスカラッティ男爵夫人に教えてもらった。

そのような場に、なんの説明もなく「ロザリア」という地方貴族の娘が招かれ、マティアスの傍らの席におさまっていたので、その場に微妙な空気が漂ったのをヴィオラは感じた。

気まずく感じていたら、少しして昨晩の舞踏会に列席していた貴族が現れた。その人が昨日マティアスと一曲だけ踊って帰ったヴィオラを見ていて、ダンスの様子をことさらに美化して話したりしたものだから、皆それで察したようだ。「ロザリア」が、皇帝マティアスの特別な寵愛を受けている女性、つまり寵姫であるようだと。

寵姫というのは、それだけで人の目を引いてしまう存在なのだと、ヴィオラもありありと知らしめられたのだが、今度はお茶会の席という限られた場ではなく、開かれた歌劇場だ。

ドレスも、今まで一度もまとったことのない、真紅のとても華美なものだ。

人目を引きたくはなかっただけに、不安が募る。

（お父様が手紙の返事をくださるのは、いつになるかしら）

昨日、舞踏会に行く前に父伯爵に手紙を出しておいたから、数日中にこちらの現状をわかってもらえるとは思うけれど、きっと返事をもらう前に、帝都の貴族の間にはマティアスが「ロザリア」を寵姫として取り立てていると噂が広まってしまうだろう。

ヴィオラにできることといえば、自分が身代わりだとばれてしまわぬよう気をつけることくらいだが、なんだかもうそれだけの話でもないように思う。

自分の振る舞い一つが、姉ロザリアの貴族令嬢としての評価につながって、これからの彼女の人生に深く影響を及ぼしてしまうのではないか。

そう思うと、何一つ粗相はできない。

「皇帝陛下、ようこそおいでくださいました！　どうぞこちらへ！」

歌劇場に着くと、支配人自らマティアスを迎えて、貴賓席に続く廊下を案内してくれた。

先ほどお茶の時間に招待されていた歌劇の作曲家が、諸外国を回って公演してきた成果をぜひ皇帝陛下にお見せしたいと言ったので、マティアスは今夜ここへ来ることを決めたのだ。

円形の劇場の外壁に沿った曲線状の廊下を上っていくと、がやがやと人声が聞こえてきた。とても人気の演目だという話だから、客も多く入っているのかもしれない。

「こちらからお入りください」

貴賓席の両開きの扉が開くと、そこはバルコニーのようになっていたが、中はさほど明るくなかった。

だがマティアスが先に立って入っていくや、手すりの向こうから聞こえてくる人声がひときわ大きくなる。マティアスに促され、ヴィオラも中に入ると。

「……っ」

客席からドッとどよめきが起こったので、ヴィオラは思わず息を詰めた。

暗めの明かりに照らし出された、こちらを見上げるたくさんの顔。

あたりをはばかることなく、あからさまな驚きとともに交わされる会話。

値踏みする目つきや感嘆の声、笑い声――。

これから歌劇が始まるというのに、何やら騒然とした雰囲気になってしまった。

昨日の舞踏会でも先ほどのお茶会でも、ここまで明け透けな好奇の反応を浴びることはなかったので、注目されていることが怖くなる。

(無理だわ、こんな……!)

ここにこれ以上、「ロザリア」としているのは不可能だ。

できることなら今すぐにでも逃げ出したい。いっそそうしてしまおうかと本気で思っていると、マティアスがこちらを見て、なだめるように言った。

「何も心配はいらないよ、ロザリア。私がついている」

「陛下……、ですがっ」

「私があなたをここに連れてきた。皆にあなたを見せびらかしたいという気持ちはもちろん否定しないけれど、あなたと一緒に歌劇を楽しみたいと思ったからだ。だからあなたは、堂々と顔を上げていればいいんだ。おいで」

大きな手を差し伸べられ、青く美しい瞳で請われるように見つめられ、はっとする。

一緒に歌劇を楽しみたい。

彼の目からは、その気持ちが強く伝わってくる。

せっかくそう思って連れてきてくれたのに、ここで逃げ出してしまったら、マティアスはきっと哀しい気持ちになるだろう。

身代わりがばれたらとか、姉や父の心配よりも、目の前のマティアスの気持ちを無にするほうが、ずっとよくないことなのではないか。

(陛下を、哀しませたくはないわ)

つとめからではなくごく自然な気持ちから、ヴィオラはそう思い、逃げたりせずここにいようと思い直す。

おずおずと手を差し出すと、マティアスが笑みを見せてうなずき、その手を取って席へと導いた。

並んで席に着くのを待っていたかのように、楽団の演奏が始まったので、客席も徐々に静かになる。皆がきちんと前を向いて、歌劇の始まりを待つ様子に、ヴィオラは安堵のため息をついた。

ふふ、と小さく笑って、マティアスが言う。

「皆、あなたを見ていたね？」

「っ……」

「あなたはとても素敵だから、思わず見たくなってしまうのはわかるよ。でも、こんなに近くで見られるのは私だけだ。私は今、それがとても嬉しい」

「……陛下……？」

遠くで見ようが近くで見ようが、どうということのない容姿だと自分では思うのだが、そんなふうに言われるとなんだかドキドキしてしまう。

そういう言葉は、恋した相手にでも告げるのがふさわしいのでは――――？

「……さあ、始まるよ」

「……！」

舞台の上に現れた男性が、まるで楽器のような大きな声で朗々と歌い始めたから、思わず目を見開いた。

ここ何年も、歌といえば修道院の儀式のときくらいしか聞いたことがない。

続いて華やかな衣装の女性が現れ、男性よりもずっと高い声で鳥のように歌う。

外国語なのだろう、言葉の意味はわからないのだが、声の色や表情から、二人が互いを想い合っているのが感じられる。木陰に腰かけて手を取り、交わす言葉は、甘い愛の睦言のようだ。

近づけば二人の言葉を理解できる気がして、知らず身を乗り出すと、マティアスがこちらに顔を近づけ、耳元で聞いてきた。

「……言葉がわかるかい?」

「いえ、残念ながら」

「そうか、では少しだけ説明しようか。二人は仲良く育った幼なじみだ。将来を約束した恋人同士でもある」

「……恋人……、やはり、そうなのですね?」

「ああ。言葉を聞き取れなくても、それが感じられれば問題ない。さあ、そこに現れるのは、彼女の父親だ」

「父親……、あっ!」

恰幅のいい男性が数人の手下を連れて現れたと思ったら、恋人たちを邪魔するように引き裂き、手下に命じて力ずくで娘の恋人を追い払ったから、つい声が出てしまう。

なんてひどい父親なのだろうと腹立たしい気持ちになっていると、今度はまた別の男性が舞台に現れ、娘に馴れ馴れしくしてきた。

娘は明らかに嫌がっているが、父親はその男性を気に入っている様子だ。

「……彼は父親が選んだ、娘の婚約者だ」

「彼女は、婚約をっ？」

「そう。だが、彼女の心は……」

「恋人のもの。そうなのですね？」

「ああ。でも、それだけじゃない。ほら、物陰で息を潜めている町娘がいるね？　娘の婚約者のことを、じっと見ている」

「まあ……。もしやあの人は、彼のことをっ？」

「そういうことだ。ふふ、あなたはいい反応をするね？　やはり連れてきてよかったよ」

マティアスが楽しげに言って、舞台の奥を手で示す。

「今度は道化が出てきた。彼はとても賢いが、愚かなふりをする。よく見ていてごらん」

「はい……！」

(なんだかすごいわ、歌劇って……！)

話としては、喜劇と呼ばれる物語だろう。書物では読んだことがあるが、何しろ歌劇は初めてだ。

音楽のことはよく知らないし、言葉もわからないのだが、ヴィオラは冒頭からとても惹きつけられ、興奮してしまった。

場面が変わるごとにマティアスが簡単に状況を説明してくれるおかげで、上演が進むにつれて、笑わせられたりハラハラさせられたり、感情を大きく揺り動かされる。

町娘が片思いに苦しんだり、横暴な父親が結婚式を強行するため娘を家に閉じ込めてしまう場面など、哀しくてやるせなくて、まなじりが濡れてしまったりもして……。

「……あなたは、優しい人だね」

悲嘆にくれる娘に気持ちを持っていかれ、泣いてしまいそうなのを我慢していると、マティアスがそっと手を取って、慰めるように言った。

「大丈夫。愛する人は来てくれる。ほら、足音が」

彼女が耳を澄ますと、何者かが屋根伝いにやってきて、彼女が閉じ込められている部屋の窓から中に入ってきた。

それは恋人で、二人は手を取って父親の家から逃げ出し、待たせていた馬車に乗る。

そうして互いに想いを伝え合うような、情熱的な歌を歌いながら去っていったのだった。

「……今、馬車の中で二人はどうしていると思う？」

万雷の拍手のあと、間奏曲が流れ出すと、マティアスがこちらに身を寄せて耳元で訊いてきた。

思い余ってついに駆け落ちした二人に驚きつつも、祝福する気持ちでいっぱいではあったが、二人がどうしているのかは特に考えなかった。

少し考えていると、マティアスが含みのある声で言った。

「私はね、二人は愛し合っていると思っているんだ」

「愛し、合う」

「そう。とても激しく、情熱的にね。だって二人は心から求め合っていたし、すべてを捨てて相手を選ぶと決めたところだ。一つになることを阻む者はもういないのだから」

「……！」

マティアスの言葉に、思わず目を見開く。

一瞬聞き流しそうになったけれど、マティアスの言った「愛し合う」というのは、情交のことを指しているのだ。

でも馬車の中で行為に及ぶなんて、なんだか少し性急すぎるというか、さすがにちょっと、はしたないのではと思ってしまうが……。

「馬車の中で抱き合うなんて、二人は我慢が足りないと思うかい？」

「えっ……」

「でも恋人同士なら、ときにはそういうこともあるのではないかな。相手が好きで好きでたまらない、顔を合わせたらもうとても我慢なんてできない、すべてが欲しくて止まらない、という瞬間が」

そう言ってマティアスが、じっと目を覗き込んでくる。

その目にかすかな欲情の色が見えたから、ヴィオラはドキリとした。

まるで舞台で娘に愛を告げていた、恋人の男性のようだ。どこか芝居がかった口調で、マティアスがささやく。

「二人は強く体をかき抱き合って、何度もキスを交わす。口唇を吸い、舌を味わい、衣服越しに手で体に触れて、互いの身の昂りを感じ合う」

「っ……」

「おそらく、もう言葉などいらないだろうね。彼はもどかしく彼女の衣服をまくって、熱い肌に手で触れる。……そう、こんなふうに」

「ぁ……」

さりげなく真紅のドレスの裾をまくられ、熱い手で膝から腿をさっとひと撫でされて、驚いて喉奥で小さく声を発した。

薄暗い劇場の、バルコニーの貴賓席の中とはいえ、ドレスがまくれて白い脚が見えているのは、半裸にされたみたいで羞恥を覚える。

やんわり手を添えて裾を元に戻そうとしたけれど、マティアスはこちらを見つめたまま、手を腿の上のほうに滑らせてきた。

こんなところでいきなり触れてくるなんて、まさか思いもしなかった。かすかなおののきを感じて、ヴィオラは言った。

「陛下、どうか、お戯れは……」

「戯れではないよ、ロザリア。私はいつでも本気だ」

マティアスが言って、甘い声で続ける。

「彼だって、きっとそうだろう。心の底から彼女に焦がれ、彼女を求め、愛で満たされたいと思っている。今ここであなたにキスできるのなら絶対にそうしているのにと、私が思っているのと同じようにね」

「……っ？」

まっすぐな目をしてそんなことを言うので、その顔を凝視してしまう。

マティアスはまるで、本当に物語の恋人になってしまったかのようだ。目をそらすこともできずその視線に囚われていると、彼がうっとりと告げてきた。

「歌劇を見ているあなたは、とても魅力的だったよ。笑ったり、怒ったり、泣きそうになったり、くるくると変わる表情がたまらなく素敵だった。だから私は、こうしたい気持ちを抑えられなくなってしまったんだ」

「っ、あっ……」

マティアスが内腿に手を入れ、脚の付け根のあたりをもぞもぞとまさぐってきたから、びくりと身が震えた。

ちょうど間奏曲が終わり、舞台に町の人たちが現れて賑やかな声で歌い始めたので、客席の人々は誰一人こちらを見てはいない。

見ている人がいたとしても、バルコニーの貴賓席の中の様子は下からはよく見えないだろう。

でも、やはりこんなことをするのはよくない。

そう思うのだけれど。

(陛下はそんなにも、わたしに触れたいと思っていらっしゃるの……?)

あまり周りには知られないよう、密かにヴィオラを寵姫として召し上げていたマティアス。

「おつとめ」という言葉に従い、ヴィオラはそれを受け入れてきた。

けれどマティアスは、皆に見せびらかしたくなったと言い、こうして歌劇にまで連れてきて、こらえ切れぬ様子でヴィオラに触れてくる。

その手つきは、まさに愛の物語の恋人のようで――――。

「……ぁ、んっ」

マティアスの指が下着の中に入り込み、柔らかい茂みから花びらの合わせ目へと滑り下りてくる。

脚に触れられていただけなのに、そこはほんの少し潤み始めている。肉厚な指の腹が蜜壺の入り口を探ると、ぬるり、と蜜の感触があった。

口唇に薄く笑みを浮かべて、マティアスが言う。

「あなたのここがこうなっているのが、私はとても嬉しいよ。今はキスの代わりに、ここを愛してあげようね」

「っあ、ん、ぅっ」

慈しむみたいな目をしてこちらを見つめながら、マティアスが指でゆっくりとそこをなぞってきたから、背筋がびくびくと震えてしまう。

こんなところでキスなどするわけにはいかないが、だからといって代わりにそこを愛撫するなんて、いったいどちらが破廉恥な行為なのか。

さすがにいさめたほうがいいのでは……。

「ん、ぅ、は、ぁ……」

マティアスに指で秘裂を上下に撫でられ、我知らず愉悦の声が洩れる。

慌てて口唇をきゅっと引き結んだけれど、呼吸は徐々に乱れ、お腹の底も熱くなって、蜜が豊富にあふれてくる。指が動くたびとろりと絡まって、くぷ、くぷ、と水音が上がってくるほどだ。

寵姫として数え切れないくらいおつとめをしてきたヴィオラの体は、もうマティアスのすることにどうしようもなく反応するようになってしまっている。

花びらを優しくまくり上げるようにしながら形のとおりになぞられ、蜜口に指を挿し入れられてくるくると撫でられたら、濡れた蜜筒と柔肉が、ぷっくりと甘く熟れてくるのがわかった。

このまま、彼と一つになることを求めてでもいるみたいに。

（……こんなの、やっぱり、いけないわっ……）

人でいっぱいの劇場の中、もはやキスの代わりとはいえないほどにヴィオラは感じて、体は淫らに濡れそぼってしまっている。このまま続けられたら、どんなふうに乱れてしまうかわからない。

そのとき、ちょうど舞台に娘の婚約者と彼を慕う町娘が出てきた。二人が歌い始めたところで、ヴィオラは小さく首を横に振って言った。

「もう、いけません、陛下っ」

「どうしてだい？」

「だ、って、こんなっ、わたし……！」

「あなたを気持ちよくしてあげたいんだ。嫌、かな？」

どこか切なげな目をしてそう訊かれ、思いがけず胸がきゅっとなる。

マティアスの声には、何か少し甘えるような、こいねがうような、そんな響きがある。

一緒に歌劇を楽しみたい、と言ったときと同じような、純粋な思いがこもった声だ。

そうせずにはいられない、心からの情動をどうしても止められない。

マティアスのそんな感情が伝わってくるようで、抗（あらが）う気持ちを挫（くじ）かれる。

でもそれは、マティアスが皇帝だからとか、これがおつとめだからとか、そういう気持ちからではないみたいだ。

彼の純粋な思いを受けとめるのが、心地いい。どうかもっとそうしてほしいと、なんだかそんな気持ちになってきてしまって……。

「いや、では……」

「嫌ではない？」

「う、ぅ、でもっ、ぁ、あっ」

肉筒の中に挿し入れる指を二本に増やされ、前壁を指の腹でこすり上げられて、びくんと頭がのけぞる。

そこをそうされたら、悦びを感じないでいることなんて無理だ。はしたなくも頂の兆しまでが迫ってきて、心拍が大きく跳ね始める。

ここで気をやってしまうなんて、あまりにも淫猥すぎる。焦って腰を引こうにも、マティアスの指は深々とヴィオラの中に沈み込んでいる。

このままでは、恥ずかしく達き果ててしまいそうだ。

「ふ、ぅ、どうか、もう、お許しをっ」

「私はいつでも、あなたにすべてを許しているよ？」

「そ、んなっ」

「我慢しないで、ロザリア。達きたくなったなら達っていい。私はあなたのすべてを受け止める。どんな姿でもね」

「や、んっ、は、ぁ……！」

マティアスが二本の指で中を撫でながら、親指で真珠の粒をくにくにと転がしてきたので、視界がチカチカと明滅した。

そこも同時にいじられては、もう逃れようがない。

舞台上で何か言い合いを始めた婚約者の男と町娘に目を向け、必死に快感の高まりを逃がそうとしてみても、次第に歌も楽団の演奏も耳に入らなくなっていく。

もうこれ以上、快楽に抵抗するのは無理だ。

ヴィオラはすがるようにマティアスの腕をつかみ、その目を見つめて告げた。

「ああっ、達、きますっ、も、もうっ……！」

言い終わらぬうちに、ひと息に高みに達してしまう。

いつになく鮮烈な絶頂。

懸命にこらえようとしたせいもあるのだろうか、中が激しく収縮して、マティアスの指をきゅうきゅうと締めつける。そのたび、頭のてっぺんからつま先まで快感でしびれ上がって、息が止まりそうになる。

声を出したくても出せない苦しさから、よろよろと頭をマティアスの肩にもたれさせると、彼がああ、と悩ましげな吐息を一つ洩らした。

「素敵だ。あなたは本当に、どこまでも可愛いね？」

「……へい、かっ……」

「私はあなたに夢中なのだよ、ロザリア。こんな気持ちは、初めてだ」

「陛……、ん、んっ」

舞台上の二人の掛け合いのような歌がやみ、喝采の拍手が響いた瞬間、マティアスに抑え切れぬ様子で口唇を盗まれて、鼓動が大きく跳ねた。

今すぐに、ヴィオラが欲しい。指などではなく雄の昂りで、もっと悦ばせたい。

重なった口唇、浅く沈められた舌から、そんな激しい欲情が感じられ、身震いしてしまう。

ちゅっ、と潤んだ音を立てて口唇を離して、マティアスが言う。

「あなたが欲しい。終幕までなんて、もう待てないよ」

「……っ」

「あの二人の恋人たちのように、ここを出てあなたと甘く溶け合うような時間を過ごしたい。そうしても、いいかい？」

そうやって訊いてくれるのは、とても優しく紳士的な態度だと言えなくもない。

だが今のヴィオラにそれを問いかけてくるなんて、少しばかり人が悪い。体がこんなにも熟れてしまっては、駄目だなんて言えるわけがないのに。

（でもわたし、嫌ではないわ）

あなたに夢中だとか、こんな気持ちは初めてだとか。

マティアスの言葉には、ヴィオラの心を震わせ、体をますます昂らせてくるような甘美な響きがある。彼が終幕まで待てないほどに自分を求めているのだと思うと、何か胸の内が甘く蕩けるみたいな感覚もある。

マティアスを受け入れたい。早く一つになって、悦びを分かち合いたい。

おつとめなのに、そんなことを思うのは恥ずかしいと思いながらも、その気持ちに抗えず、ヴィオラはおずおずとうなずいた。マティアスが艶麗な笑みを見せる。

「よろしい。では、行こうか」

「……きゃっ？」

もはやいっときも待てないと、ついに辛抱たまらなくなったのか、マティアスがさっと立ち上がってヴィオラを横抱きに抱き上げたので、小さく悲鳴が洩れた。

客席の何人かが気づいたようで、こちらに目を向けて何かささやいたのが聞こえたけれど、マティアスに抱かれて貴賓席から運び出されてしまったからよくわからない。

でも、もうわからなくていい。耳と目に届くすべてを振り払うように、ヴィオラはマティアスにしがみついていた。

「陛、下、ぁ、んっ、ん、ふっ」

馬車に乗せられるやいなや、ヴィオラはマティアスに口づけられ、革張りの座席に背中を押しつけられた。そのまま手際よくドレスのリボンや留め具を外され、二つの乳房がほろりとこぼれる。

胸のふくらみを確かめるみたいに両手でまさぐられ、合わさった口唇の中で舌を吸われて、ねろねろと絡められたら、またすぐにお腹の奥のほうがじくじくと疼いてきた。

「……ん、ぁっ、へ、いかっ」

しびれるほどに舌を吸われ、頭がぼうっとしてきたところで、マティアスがキスをほどき、かすかに息を弾ませながら胸にしゃぶりついてくる。

両の乳房を順に深く口に含まれ、乳首を舐り回されて、体が芯から溶けていくみたいだ。知らず膝を開くと、マティアスがドレスの中に手を入れて下着をはぎ取り、膝の間に体を入れて脚を大きく割り開いてきた。

「……や、んっ、こん、なっ」

両膝の裏に手を入れられてぐっと持ち上げられ、秘められた場所を露わにされたから、かあっと頭が熱くなる。くん、と息を吸い込んで、マティアスが言う。

「あなたのここ、甘い香りがするね?」

「そ、なっ、言わ、なっ」

「蜜がたっぷり滴っているからかな。ちょっと、味わってもいいかい？」

「な、にを……、あっ、ぁあ、そんな、駄目ぇっ……！」

マティアスがヴィオラの下腹部に顔を埋め、恥ずかしく開いた花びらの中を舌で舐め始めたので、思わず首を横に振って叫んだ。

そこをそんなふうにされたのは初めてだ。とてつもなく淫猥で不道徳なことをされているような気がして、頭が真っ白になってしまう。

こんなことはいけないと思い、脚を閉じようとしても、マティアスの大きな手でがっちりとつかまれているから、そうすることができない。腰を揺すって逃れようとしてみたが、背中がどんどん座席に沈み込んでしまう。

体が座席にはまり込んで身動きがとれなくなってしまい、焦るヴィオラの秘部に、マティアスの舌が淫らに這う。

「は、ぁっ、だ、め、ふ、ぅぅっ、ぁあ、あ」

マティアスの舌は指よりも熱く、ねっとりとしていて、触れる形も自在に変わる。形状を確かめるみたいに外側の花びらをめくられ、内側の花びらとの間をなぞられて、ゾクゾクと背筋が震えた。

蜜壺の口に溜まった蜜をすくい上げられ、ちゅっと吸い取られたら、これ以上ないほど強烈な羞恥心を覚えて、わななきそうになった。

だが彼の舌の繊細な動きの一つ一つに、ヴィオラはたまらなく感じさせられ、我を忘れて身悶えそうになる。のばした舌を蜜筒に挿し入れられ、中の蜜まですすられたら、気持ちいいのか恥ずかしいのか、だんだんわからなくなってきた。

「はうっ、あ、そこはっ、ぁああっ……！」

花びらの合わせ目を指で開かれ、薄いベールをぬるりとむかれて肉粒を舐め回され、意識が飛びそうなほどの悦びが背筋を駆け上がる。

舌先でもてあそぶように転がされ、窄めた口唇でちゅくちゅくと吸い立てられたら、一気に快感が爆ぜて……。

「あ、ぅうっ、ゃっ、ぃ、達、ちゃっ……！」

止めようもなく押し上げられた、鮮烈な絶頂。持ち上げられた脚の膝から下がビンビンと跳ね、むき出しの乳房がふるふると揺れる。

お腹の中が何度もきゅうっとなって、またとぷりと蜜があふれるのがわかる。

マティアスがちゅぷ、と淫靡な水音を立ててパール粒から口唇を離して、顔を上げて訊いてくる。

「あなたのここ、ヒクヒク震えているよ。気持ちよかったかい？」

「う、ぅっ……」

「あなたの蜜、とても美味しかった。ずっと想像していたとおりだ」

「つ……？」

「すごく甘かったよ。すっかり舐めてしまっても、またどんどんあふれてくる。本当に素敵だ、あなたは」

マティアスが感嘆したように言って、上体を起こし、衣服を緩める。

彼の男性の証は、すでに猛々しいほどにその存在を誇示している。しどけなく脚を開いたままのヴィオラの双丘にそっと手を添えて、マティアスが言う。

「どうかこのまま私を受け止めて、ロザリア。もう、少しも我慢ができないんだっ」

「陛、下っ、は、ぅ、ああ、あっ……！」

体を二つに折られたような格好のまま、ずぶずぶと肉の楔を沈められて、思わず眉根を寄せる。

マティアスのそれはいつになく大きく、つながれただけで息が詰まりそうだ。マティアスもきつく感じるのか、端整な顔をわずかにゆがめる。

「ごめんね、こんなになってしまって。あなたを苦しめたくは、ないのだけれどっ」

「……ひっ、あ、ぁあっ、ああ」

こらえ切れぬ様子で腰を使われて、喉奥から悲鳴が洩れる。

やはり彼自身はいつにないボリュームになっていて、中を行き来されるだけで甘苦しい。

ズンと貫かれ、ぬぷりと引き抜かれるたび、媚肉がまくれ上がる感覚がある。

それをまた巻き込むようにして肉杭をはめ戻される都度、挿入がどんどん深まって、お腹がマティアスでいっぱいになってくる。

こんなにも大きな彼のものを、この身で全部受け止めきれるのか、ほんの少し怖くなるけれど。

（陛下は、そんなにも私のことを、求めてっ……？）

マティアスに揺さぶられながら、先ほど彼が言っていた、歌劇の恋人たちについての言葉を思い出す。

――――『相手が好きで好きでたまらない、顔を合わせたらもうとても我慢なんてできない、すべてが欲しくて止まらない』

だから二人は、馬車の中で情交に及んでいるのではないかと、マティアスはそう言っていた。そしてそれを、「愛し合っている」とも。

ヴィオラ自身はこの行為をおつとめなのだと思ってきたけれど、もしかしたらマティアスにとっては、それだけではなかったのだろうか。

男女のことは、夫婦ならば愛の行為と呼ばれているのだから、マティアスもそう思っているのか。だったら、ヴィオラとのこの営みは、もしかして。

（わたし、陛下に愛されているの――――？）

ふとそう思い至った途端、ざわりと肌が粟立った。

ヴィオラの体を貫く、マティアスの剛直。

もしやこれは、彼の思いのたけなのだろうか。硬く雄々しい、女の身にはともすると凶器のようにすら思える肉の楔が、彼の愛の証なのだとしたら、幾度となく繰り返されてきたこの行為は、彼の愛情を表すものだった……？

「くっ……、なんだ、何かが、変わったね」

不意にマティアスが、苦しげに言う。

「あなたの中が、ひどく私に絡みつくようになってきた。よくなってきたのかい？」

「陛、下っ……」

「あなたが私に、きゅうきゅうと吸いついてくるんだ。あなたの中から出ようとすると、放すまいとするみたいにしがみつかれて、中に引き込まれて……、ああ、たまらない具合だっ……！」

「ふ、ぁあ、ああっ、あ」

マティアスが甘苦しさに耐えるようにきゅっと眉根を寄せ、ヴィオラの脚を抱え直してより深くまで突き上げてきたから、圧入感に息が上がる。

だがヴィオラの中は、確かに何か変わり始めたみたいだ。

体は歓喜したように震え、こすられるたび体の芯から悦びが湧き上がってくる。

彼の全部を受け止めようとするように中が熱く熟れ、愛液は滴る蜜のようにじゅっとあふれてくる。マティアスが動くたび、幹にぬらぬらと絡まってくぷ、ぬぷ、と水音が立ち、彼の行き来もなめらかになる。

それにつれてヴィオラの肉の筒も喜悦であふれ、背筋を快感のしびれがビンビンと駆け上がって、まともな思考は飛散してしまう。

自分は愛されているのではないか。

そう感じただけで、こんなにも体が反応するなんて。

「あぅ、ああっ、陛下、陛下っ」

「気持ちいいかい？」

「は、いっ、ぃい、ですっ」

「どこが感じる？　手前の、ここ？」

「あうっ、ああっ」

「奥をこうするのも、好きだね？」

「ひああっ、あああぁっ！」

硬い切っ先で前壁をえぐられ、最奥をズンズンと突き上げられて、凄絶な快感に視界が大きく歪む。

まるでつながっている場所から生まれる悦び以外、何もかも消え去ってしまったかのようだ。抽挿のピッチを上げられ、中をかき回すみたいにされたら、意識が薄れるほどの喜悦が湧き上がり、くらくらとめまいすら覚えた。

マティアスとの営みで、こんなにも気持ちよくなったのは初めてだ。口唇がだらしなく緩んで、口の端から唾液がこぼれるのを止めることもできない。

愛される喜びで、我を忘れそうになっているのかもしれないけれど。

(こんなの、駄目っ、おつとめなのに、わたしっ……)

彼がどう思っていようと、ヴィオラにとってはこれはおつとめなのだ。

それなのにこんなにも行為に耽溺して、みっともなく乱れてしまうなんてどうかしている。

己の痴態が恥ずかしすぎて、ヴィオラは思わずかぶりを振って言った。

「やぁ、ああ、こん、なっ、駄、目ぇ」

「駄目なことなんて何もないよ、ロザリア」

「でも、恥ずか、しぃっ、わたし、恥ずかしいっ……」

「気持ちよくなるのがかい？　どうしてそう思うの？」

「だって、おつとめ、なのにっ」

「そんなこと、今は忘れていていいんだよ。こうしている間は、私たちはただの男と女なのだからね」

「あっ、ああっ！　そん、な、奥、までっ……！」

追い立てるみたいに激しく腰を打ちつけられ、乳房がゆさゆさと揺れる。

マティアスの荒々しさはまさに百戦錬磨の武人のそれで、ヴィオラを悦びでどこまでも攻め立ててくるみたいだ。

凄絶な快感に、己を保つことができなくなりそうだ。

(溶けちゃうっ……、わたしが全部、陛下のものに、なって)

つながった場所はもはや互いの境界がわからなくなるほど熱く溶け、こぼれた愛液は尾てい骨のあたりまで滴っている。

これが彼の愛情の証なら、ヴィオラは征服され尽くすほかないのではないか。愛されることがつとめなら、それをまっとうするしかないのでは……。

「はぅう、陛下、へいかぁっ」

悦びに抗うことを一切やめ、すがるように彼の胸に手を当てると、マティアスが大きく腰を揺すり上げるみたいな動きでヴィオラに応えてきた。

感じる場所をダイレクトに刺激されて、お腹の奥のほうからまたひたひたと、絶頂の波がせり上がってくる。

「あううっ、はああっ、へいか、わた、しっ、またっ……」

「ああ、わかるよっ、奥のほうがヒクヒクしてる。今度は私のもので、達ってしまいそうなんだねっ?」

マティアスが息を乱しながら言って、劣情に揺れる声で誘う。

「一緒に達こう、ロザリア。さあ、私とおいでっ……！」

「はうう、ぁあ、あああああっ――――」

最奥を貫くようにズンズンと突き上げられ、彼の手で一息に頂へと舞い上げられる。お腹の底で熱が爆ぜ、腰がびくんびくんとはしたなく跳ねると、ヴィオラを奥まで挿し貫いて、マティアスも動きを止めた。

ヴィオラの肉の筒が収縮して何度もきつく幹を絞り上げるたび、彼の喉からおう、と低いうめきが洩れ、ぴしゃっ、ぴしゃっ、と灼熱が吐き出されるのを感じる。

二人同時に迎えた頂はどこまでも高く、ピークもとても長くて、もうこのまま意識を手放してしまいそうだ。

「……ああ、私の愛しい人っ……、本当に最高だ、あなたはっ」

ヴィオラの中にとめどなく熱いものを注ぎながら、マティアスが言う。

「できることならこの馬車で、あなたとこのままどこか遠くへ行きたいな。歌劇の恋人たちのように」

「陛下っ……」

「そうしてずっと、あなたが可愛く悦ぶ姿だけを、見ていられたら……。それは私にとって、無上の悦びなのだよ、ロザリア」

マティアスがうっとりとそう言って、震えるヴィオラの頬を撫でる。

温かい手の感触に、なぜか心がふるふると震える。ふふ、と苦笑するみたいに笑って、マティアスが続ける。

「だが、この馬車の行く先は宮殿だ。だから今は、私のベッドに行こう。そしてもっと悦びを分かち合うんだ。ただの男と女としてね」

「ぁ、んっ、ん……」

体をつないだまままきつく抱きしめられ、熱っぽく口づけられて、気が遠くなる。

――――『ただの男と女として』

マティアスの言葉の意味を考えようとしても、快楽で蕩けた頭では難しい。ヴィオラは頼りなくマティアスの体にすがり、濃密なキスを受け止めるばかりだった。

第四章　思慕――初めての恋に心乱れて

翌朝早く、ヴィオラはマティアスのベッドで目を覚ました。

だが荒淫の余韻が体に残っていたせいか、起き上がることができず、しばしそのままベッドに沈み込んでいた。

やがて目覚めたマティアスが、ヴィオラの様子を見てそのままでいいと言ってくれたので、夢うつつをたゆたいながら横になっていると。

『ああ、やはりそうだったか。あの地域の風習は耳にしていたから、おおむね想像していたとおりだよ、レオ』

寝室の入り口のほうから、マティアスの声が聞こえてくる。従者のレオと話しているのだろうか。

『もちろん、それとこれとは別さ。皇帝として、国内の情勢や反対勢力の動向は常に気にしておくとしても、私には私の意思というものがあるからね』

マティアスが話していることはよくわからないけれど、どうやら何か政治的な話でもしているみたいだ。ヴィオラの前ではそんなそぶりは見せないが、彼の肩には、いつでも帝国皇帝としての責務が重くのしかかっているのだろう。

だからこそ、その心身をお慰めするために、ヴィオラのような寵姫が必要とされているのかもしれない。

改めてそんなことを思い、そろそろ起きなければとは思いつつ、瞼が落ちてくるのにどうしても抗えないでいると、しばらくしてマティアスがベッドの傍まで戻ってきた。

朝食が載った足つきの盆を、自らその手に持って。

「まあ！　陛下に、そのようなこと……！」

慌てて起き上がろうとすると、マティアスが首を横に振ってそれを制した。

「いいんだ、私が自分で持っていきたいと言ったのだ。誰かを今、ここに入れたくはなかったからね」

マティアスが言って、こちらに近づき、ベッドの中ほどに足つきの盆を置いてヴィオラの傍に座った。

気づかうように顔を覗き込んできたから、一応もう一度起き上がろうとしてみたが、途中で腰が甘苦しく痛んだので、また枕に頭を沈めてしまう。

それでヴィオラの状態を察したのか、マティアスがブランケットの上からそっと腰を撫でて、すまなそうに言う。

「悪かったね、ロザリア。私としたことが、またしても自分を抑えられず、あなたを求めすぎてしまった」

「……陛下……」

「最初のときから少しも成長していないと、己を省みて恥じ入っているよ。本当に申し訳なかった。どうか許してほしい」

すっかりしょげた様子で、マティアスが言う。

でも、謝ってもらうようなことは何もない。宮殿に帰ってからもさんざん淫らに啼き乱され、朝も起きられないような状態になってはいるけれど、ヴィオラ自身、その行為を受け入れていたのは間違いのないことだ。

(わたし、嫌ではなかったもの)

おつとめでありながら、快感に溺れてしまうこと。

それはとても恥ずかしいことだと感じていたが、行為が嫌だとは思わなかった。

彼が言ったように、結び合う間は「ただの男と女」なのだと思えば、いくらか羞恥も薄まったし、行為自体がマティアスの愛情の表れなのかもしれないとしたら、素朴に嬉しい気持ちもなくはない。

けれど、自分はロザリアの身代わりだ。

それなのにマティアスの愛情を注がれているというのは、かなり込み入った状況にあるといえる。お茶会に呼ばれたり歌劇場に行ったことで、「ロザリア」が皇帝の寵愛を受けている寵姫だと広く知られてしまったのも、考えてみたらあまりよくないことではないかと思える。

(どうしたらいいのかしら、これから?)

正直言って、身代わりとして今後どう振る舞ったらいいのか、まったくわからない。

父伯爵に出した手紙の返事をもらうまで、誰にも会わずにいるなんてできるわけもないし、今日もまたどこか人の目につくところに連れていかれるのだとしたら、さすがに何かボロが出てしまうのでは……。

「……あの、陛下。謝っていただくことなど何もないのですが……、少々、お訊ねしても?」

「なんだい?」

「その……、今日も、わたしを伴って、どこかにお出かけを……?」

探るように訊ねると、マティアスが首を横に振って言った。

「いや、そのつもりはないよ。あなたを疲れさせてしまっただろうからね」

ヴィオラの額にかかった髪を指で優しくすいて、マティアスが続ける。

「昨日のことだけじゃない。あなたはここに来てから、ほとんどの時間を宮殿で過ごしている。人の出入りも多いし、ずっと気が休まらなかっただろう?」

「……それは……」

「私も、このところ連日国政についての重要な意思決定に追われていて、少し外で気分転換がしたくなってきたところだ。だからよければ今日一日を、あなたと最初に過ごしたあの森の屋敷で過ごすのはどうかな？」

「いいの、ですか？」

「ああ、もちろんだ。先日の盗賊の一味はあのあと一網打尽にしたから、あのあたりはとても過ごしやすい場所になっている。森の奥には沢や滝もあるんだ。もし歩けるようなら、一緒に散策してみないか？」

「そのような、場所が……？」

帝都の暮らしには慣れたつもりだが、山奥の修道院で暮らしていたせいか、時折木々や川のある生活が恋しくなる。

マティアスがそれを知るはずもないが、気づかってくれているのだと思うと、とてもありがたい気持ちになる。

「……行ってみたいです」

「そう言ってくれて嬉しいよ。では後ほど密かに二人でここを抜け出して、今日は一日静かにときを過ごそう」

マティアスが笑みを見せて言う。

密かに二人で抜け出すというのも、昨晩の歌劇の恋人たちのようだ。

かすかに心ときめくのを感じながら、ヴィオラも笑みを返していた。

その日の昼過ぎ、ヴィオラはマティアスとともに、密かに宮殿を出た。

そのままレオに護衛されて、こういうときのために帝都の外れに用意してあるという小さな屋敷へ行くと、そこには庶民的な服が用意されていた。

二人で着替え、マティアスは例の黒い仮面をつけて、飾り気のない馬車に乗り換えて帝都を出たのだが、大胆にも自ら馬車を御して移動していたにもかかわらず、結局誰にも御者が皇帝だと気づかれることもなく、至って平穏に例の森の屋敷へとたどり着いたのだった。

「棘のある草がある。足元に気をつけて、ロザリア」

「はい、陛下」

屋敷の裏手から延びている、しっかりと整備されてはいないが、風がそよぐたび草木が揺れ動く明るい森の小道を、二人でゆっくりと散策する。

帝都の気ぜわしい宮殿から、さほど離れてはいないのに、まるで別世界のように静かな雰囲気に、ヴィオラは早くも心慰められるような気持ちになっている。

頭の上に垂れ下がるように伸びたつる植物を優しく払って、マティアスが言う。

「……ああ、ほら。聞こえるかい?」

「あ……、はい、聞こえます」

風に乗って耳に届いた、さらさらと清い川のせせらぎの音。

少し足を速めて進むと、やがて渓流に行き当たった。

「まあ、なんて澄んだ水!」

「綺麗だろう?」

「本当に。まあ、魚もいるのですね!」

きらめく川面の下に小さな魚の影を見つけてヴィオラが言うと、マティアスが笑みを浮かべた。

「そう、とても水が清いからね。ここからは、川に沿って上るよ。丸太小屋までそれほど遠くはないから、ゆっくり行こう」

マティアスが言って、ヴィオラの足元を気づかいながら歩を進める。

川の上流には滝があり、その傍には猟のときに滞在する丸太小屋があって、そこからの眺めがとてもいいらしい。そこで夕方まで二人で過ごせるよう、朝から森番とメイド頭のマノンがいろいろと準備してくれているとのことだ。

(ここは、とても落ち着く森ね)

木々の匂いと水音、暖かい陽光。

ダンベルト伯爵領の比較的辺境部や、修道院の近くにも、こういう素朴な風景が広がっている。なんだか慣れ親しんだ場所に戻ってきたみたいだ。

　都市部での暮らしは刺激的だが、やはり自分はこういうところのほうが合っているのだなと、改めてそう思う。気持ちが安らぐのを感じながら歩いていると、マティアスがこちらを見て言った。

「いつになく穏やかな顔だ。ここを気に入ってくれたのかい？」

「ええ、とても。子供の頃、母と散歩した領地の森を思い出しますわ」

「ほう、お母様と」

「供を連れないで歩くのが、母は好きだったのです。野生のベリーを摘んで食べたり……。今でもベリーを食べると、母と過ごした時間を思い出します」

　いないものとされていたせいでどこにも行けなかったヴィオラを哀れんで、母はよく屋敷の裏手にあった小さな森で一緒に遊んでくれた。

　母は木の実やベリーに詳しく、遊びながら食べられるものとそうでないものを教えてくれたことなどもあり、修道院に移ってからその知識が役立ったことがある。

　マティアスがうなずいて言う。

「野生のベリーなら、この森にも豊富にあるよ。ああ、ほら、あそこになっている」

　そう言ってマティアスが、小道をそれて低木に絡まって伸びているつる植物に近づく。ぽつぽつとなっている赤い実を片方の手に山になるくらい採って、ひょいと一つ口に入れて食べながらこちらに戻ってくる。

「……まあ、野イチゴ！」

手に乗せた赤い実を見せられて、懐かしい記憶がよみがえる。昔よく母が摘んでくれたものだ。

「これは……、とても甘い種類の野イチゴですね？　百年ほど前に南の国からもたらされた、鈴みたいな実がたくさんなる……」

「おや、よく知っているね？」

「昔、母に教えてもらいました。木になる果物や実のことは、書物でも」

「そうだったのか！　うん、とてもよく熟していて甘いよ。食べてごらん」

「はい、ではいただきます」

差し出された山から、野イチゴの実を一つとって口に入れる。

さわやかな酸味と甘みが口の中に広がって、懐かしい気分になる。

「……美味しいですね」

「気に入ってくれてよかった。ジャムにしたものをマノンが用意してくれているかもしれないが、採れたての実も持っていこう」

手に野イチゴをたくさん乗せたまま、マティアスが少し歩みを速める。

川を眺めながらついていくと、やがてざあ、と清涼な音が聞こえてきた。

やや上り坂になっている道を上がり、木々の葉の下をくぐって開けた場所に出ると、そこには丸太小屋があった。

そしてその奥には、薄いベール状に水が落ちている小さな滝があった。

「まあ、綺麗……！」

滝はそれほど落差があるわけではなく、マティアスについて小屋まで行くと、横手のあたりから滝を眼下に望むことができた。

ちょうど眺めのいい場所に、クロスがかかった円テーブルと椅子が二脚置かれている。

テーブルの上には小皿が重ねて置かれていて、カトラリーとグラス、ナプキンも用意されていた。

マティアスが皿を一枚取って、先ほど摘んだ野イチゴを乗せ、ヴィオラのために椅子を引いて言う。

「外で昼食をとれるよう、マノンが用意しておいてくれたようだ。ここでちょっと待っていて、ロザリア」

「あ……、わたしも参ります。陛下に給仕のようなことはさせられませんし」

「いや、気にすることはないよ。こう見えて野営は得意だしね」

マティアスがにこやかに言って、さっと小屋の中に入っていく。

そういえばマティアスは元々軍人だった。身分にかかわらず、そういうことは皆できるようになるのだろうか。

でも今は皇帝だし、ヴィオラも何もしないで待っているのは気が引ける。

とりあえず皿とカトラリー、グラスを二人分並べていると、ややあってマティアスが、小屋から大きなふた付きのバスケットを持って戻ってきた。

円テーブルの上に乗せてふたを開けてみると、中にはパンやチーズやハム、ザクロにイチジク、ワインの瓶などが入っていた。

「まずはワインを注ごう」

マティアスが言って、グラスに赤ワインを注ぐ。

ヴィオラはチーズとハムを皿に盛り、果物も食べやすく割って皿に並べた。

それから二人でグラスを上げて乾杯し、食事を始める。

森の中の明るく開けた庭で、清涼な滝を前にしてとる昼食。

宮殿の庭でのお茶会も開放的ではあったが、ここよりは比べものにならない。何よりゆったりと落ち着いた気持ちでとる食事は、とても美味しい。

果物を口にして、マティアスが言う。

「よく熟れているな。昔私が住んでいた郊外の離宮の近くに、ザクロの木が植わっていてね。時期になるともいで食べていたのを思い出す」

「離宮にお住まいだったのですか？」

「ああ。私は少々、父王から疎まれていたからね」

「え……」

「父王と王妃であった母が、あまりよい関係ではなかったせいもある。兄たちも含め、皆この世を去ってしまった今となっては、遠い記憶ではあるがね」

思いがけぬ話に、少しばかり驚きを覚える。

マティアスが旧ロランディア王国の王族で、長じて軍人として頭角を現し、近隣国家との紛争を解決して帝国を築いた、ということは知っていても、幼少期の話を聞くのは初めてだ。しみじみとした様子でザクロを口にして、マティアスが続ける。

「兄たちは皆、やや赤みのある茶色の髪に、紫がかった灰色の瞳をしていたが、私だけが明るい金髪に青い目を持って生まれた。たったそれだけのことだが、人はたかだかそんなことでも、誰かを疎ましく思うもののようだね」

(陛下が、そんな目に遭っていらっしゃったなんて！)

それはまさしく、ヴィオラが受けてきた仕打ちと同じだ。

双生児を忌み嫌う風習だって、本当は見た目が奇異だというだけの話だろう。そんなことで娘の一人をいないものとするなんておかしいと、母がそう言って貴族の娘として最低限の教育を施してくれていなければ、ヴィオラは今頃どうなっていたかわからない。

哀しげな目をしてマティアスが言う。

「母はそのことで不義を疑われ、父王とはますます心が離れてしまった。幼い私に愛情を注いでくれはしたが、やがて病を得て、私がまだ十代の初めの頃に亡くなった。ザクロの実を食べると、あの頃の寂しい気持ちを思い出す」

「陛下……」

「でも乳兄弟のレオや、ときどき離宮を抜け出してあちこち出歩いていた頃にできた庶民の友人たちが、私を慰撫(いぶ)してくれた。母国語はもちろん、外国語で書かれた多くの書物が、思索を助けてくれた。だから父王に疎まれてはいても、自分は王族として何事かなすべきなのではないかと、そう考えることができるようになった」

(そんなふうにお考えに……?)

ヴィオラも同じように母を亡くし、厄介払いのように修道院に入れられた。

独りぼっちで寂しい気持ちを慰めてくれたのは、かつて母が読んでくれた本や修道院にあった書物、そして領民たちとの素朴な触れ合いだったように思う。

寄る辺のない女の身では、何事かなすべきではという思考は生まれず、このまま修道院でただ静かな祈りの日々を送れたらと願うばかりだったが、決して投げやりだったり、くさった気持ちでそう思ったわけではない。

立場はまったく違うのに、思いがけずよく似た経験をしてきたことに驚いていると、マテイアスがワインを口にして、思考を巡らせるように宙を見上げた。

「あれは、十五のときだった。例によって離宮を抜け出した私は、初めて国境近くの紛争地域に足を運んだんだ」

マティアスがきゅっと眉根を寄せる。

「あのときの光景は忘れられない。畑も、家々も、教会すらも、何もかもが荒廃していて、領民は疲弊しきっていた。やもめの女性や子供、高齢の者たちは、特に嘆き苦しんでいた。王国は民を守ることができていないのだと、とても衝撃を受けてね。王族に名を連ねる者としてできることを考えた。そして、まずは国を守るため、王国軍を立て直さなければと思ったんだ」

「……それで、軍に？」

「ああ。戦場も知らぬ生っちょろい王子なんかに何ができるんだと、冷たい目で見られたりもしたけれど、ただ民を守りたい一心だった。私がそれをすべきだと思ったんだ。民を治める立場として生まれた責務を、きちんとまっとうしなければとね」

「……そうだったのですね……」

(陛下は、そんなにも民たちのことを思ってくださっているのね！)

民を治める立場、というなら、父伯爵も領地を治める領主だ。

だが、少なくとも幼い頃に見た父からは、民のことを大事にしたり、生活を思いやったりしている様子は感じられなかった。

マティアスとこういう話をするのは初めてだったが、一王国の王子としての彼の決意や思いが、帝国皇帝となった今の彼の中にもしっかりと息づいているのは、おそらく間違いのないことだろう。

彼は民を思い、その生活を守りたいと、そう考えることができる為政者なのだ。なんと頼もしく、素晴らしい方なのだろうと、尊敬の念を覚える。

（わたし、この方をお支えしたいわ）

身代わりの立場であるし、行儀見習いがすめばまた修道院に戻って、そのまま穏やかに暮らせたらそれでいいと思っていた。

でもせめて今だけでも、できるだけマティアスを傍で支えたい。彼が皇帝としてこの国を良くしていく、その手助けができたらとも思う。

ヴィオラはうなずいて言った。

「統治や政治のことは、わたしにはよくわかりません。でも陛下がそのように考え、行動してくださったからこそ、長らく続いた戦乱の世が終わりを告げたのですわ」

「そう思ってくれるかい？」

「はい。わたしは陛下を心から尊敬いたしております。こうしてお傍でお仕えできることを、とても誇らしく思っておりますわ！」

「ふふ、そうか。それはありがとう。尊敬、と言われると面はゆいし、少々思うところがなくもないのだが、あなたにそう言ってもらえるのは、素直に嬉しいよ」

そう言ってマティアスが、照れくさそうに笑う。

「でも、変だな。二人で静かに過ごそうと思っていたし、堅い話をするつもりではまったくなかったのだけど。なんとなく、あなたにならこういう話ができるのではと思ったんだ。初めて出会ったときも、そうだったからね」

最初にこの森で出会ったとき、ヴィオラは盗賊たちに追われ、泥にまみれていた。

そこに白馬に乗ったマティアスが現れ、ヴィオラと子猫たちを助けてくれて、屋敷に連れていってくれた。

あのときは彼が皇帝だなんて思いもしなかったけれど、あの晩の語らいは、今思い出しても楽しかった。ひょっとしたらすでにあのときから、彼に尊敬の念を抱いていたのかもしれない。

あんなかたちで再会するなんて、まさか思いもしなくて――。

「『ヴィオラ』」

「っ……！」

「あなたはあのとき、そう名乗っていたね？」

マティアスがそう言って、どこか艶めいた目をしてこちらを見つめてくる。

「あれは偽名だったと言われた今でも、私はどうしてか、ときどきその名を思い出すんだ。『ヴィオラ』という名の響きが、まるで耳に刻まれたようになっていて忘れられない。どうしてなのかな」

「……陛、下？」

「心ときめくような、胸がざわつくような、なんだかとても不思議な気分になる。『ヴィオラ』……、そう口にするだけでね」

「……っ」

姉の名であるロザリアではなく、自分の本当の名を、久しぶりに呼ばれた。

それだけで、ヴィオラもなぜだか胸が高鳴るのを感じて、戸惑いを覚える。

こちらを見つめるマティアスの青い目は、どこか夢見るような色をしている。

その目に見つめられて名を呼ばれたら、何か今まで感じたことのない感情が、胸にじわりと浮かんできた。

ロザリアと呼ばれている間は閉じられていた心の鍵のようなものが、カチリと音を立てて開いて、中から何か飛び出してきそうな、そんな気配もあって……。

「もしかしたら、宮殿を離れてこうして森の中にいるせいもあるのかな。少なくとも私は、いつもあそこを出ることで解放感を覚えている。そしてあなたも、そうではないかと感じている」

口の端に優雅な笑みを浮かべながら、マティアスが言う。

「行儀見習いとしてやってきたロザリアではなく、森で出会った修道女のヴィオラと、私は楽しい時間を過ごしているような気がするんだ。そのとき私は、ロランディア帝国皇帝ではなく、ただの男でいられる。つまり私たちは、ここでは本当にただの男と女なのだ」

「ただの男と、女」

それは昨日、マティアスが言った言葉だ。

昨日は乱れすぎていて、それはどういう意味なのだろうと考えることもできなかったが、マティアスにそう言われるとどうしてか心ときめくものを感じる。

この気持ちは、いったい……。

「一人の男として言いたい。あなたは誰よりも素敵だ、ヴィオラ」

「……！」

「ここでは、そう呼んでもかまわないかい？　私と過ごすこの時間を、できれば一人の女性として、つとめではなく楽しみとして、享受してほしいんだ」

「そ、それはっ」

「そしてここでは、私のことも陛下ではなく名で呼んでほしい。マティアス、とね。どうかな、ヴィオラ？」

なめらかな口調で何度も名を呼ばれ、そのたびに胸がドキドキする。

姉のロザリアの身代わりとして、自分は帝都にやってきた。皇帝であるマティアスの寵姫として、姉の代わりに懸命におつとめに励んできた。

だが本当は、ロザリアではなくヴィオラと、自分の名を呼ばれたかったのかもしれない。おつとめではなく楽しみとして、彼との時間を過ごしたかったのかもしれない。

マティアスに提案された言葉で不意にそう気づかされて、心がわななくように震える。

もしも二人が皇帝でも寵姫でもなく、マティアスとヴィオラなら。なんの隠し事も偽りもない、ただの男と女であるなら。

そう想像してみるだけで、甘い感情がひたひたと湧いてくる。

こんな気持ちになったのは生まれて初めてだけれど、この胸の高鳴りがなんなのかは、さすがにわかる。半ばおののきながら、ヴィオラは自問した。

(これって、もしかして、恋っ……？)

昨日観(み)た、歌劇の恋人たち。

夢見るような愛の歌、哀切な嘆きの歌、駆け落ちを決めた二人の歓喜の歌。

恋心を自問した途端、それらのすべてが実感を持って耳によみがえってきた。

目の前のマティアスが輝いて見え、そのまなざしに頬が熱くなる。

昨日、馬車の中で、寝室のベッドで、熱く雄々しく何度もヴィオラを求めたマティアス。

そのとき二人は、『ただの男と女』だった。

彼がそうせずにはいられなかったのなら、やはりマティアスは、ヴィオラに愛情を抱いてくれているのだろう。

ヴィオラもそれを喜び、身も心も溶け合うほどに激しく愛し合った。

それはヴィオラ自身が、マティアスに恋をしているからにほかならないのではないか――。


自分がまったく先の見えない恋心を抱いてしまったことに気づいて、ひどく動揺してしまう。

自らの存在を偽ったまま恋などして、いったいどうなるというのだろう。

ベルト伯爵家の娘の双子の妹、ヴィオラとして、修道院に帰っていく運命なのだ。

一年が経てば、自分は『ロザリア』ではなくなる。ずっといないことにされてきた、ダン
（……でも、わたしは、身代わりなのよ……？）

そもそも寵姫という立場は妃ではないし、そうなれるほどの身分の貴族でもない。

なのに恐れ多くも皇帝に恋をしてしまったなんて、あまりにも愚かで、浅はかではないか。

この関係には必ず終わりがくると、最初からわかっていたはずなのに。

「……ロザリア？」

叶わぬ恋をしてしまったことが思いのほか哀しく、胸が痛むのを感じていると、マティアスが気づかわしげに訊いてきた。

「すまない、私は何か、あなたを困らせてしまったかな？」

「……い、いえ、決してそのようなことはっ。ですがやはり、偽名で、呼ばれるのはっ

「……」

切なさに蓋をしてそう言うと、マティアスがかすかに瞠目して、それから小さくうなずいた。

「そうか……。そうだね。あなたの気持ちはもっともだ。では戯れはやめて、ちゃんとロザリアと呼ぶことにしよう。でもその、できれば私のことは……」

「マティアス、様と？」

「うん。そう呼んでくれたら、嬉しいよ」

マティアスがそう言って、また笑みを見せる。

端整なその顔を見つめているだけで、うっかりこの胸に抱いた想いを告げてしまいそうだ。

自分は彼のことが好きなのだとありありと感じ、感情があふれてまなじりが濡れそうになる。

（お名前を口にできるだけでも、幸せだと思わなくてはいけないんだわ……！）

ただの男と女になりたいと願っても、やはり彼は帝国皇帝だ。幻のごとき存在である自分には、初めから分不相応な方なのだから――。

ヴィオラはそう思い、必死に己が心をなだめていた。

「着いたよ、ロザリア。ほら、見てごらん」

「……まあ……」

昼食のあと、渓流沿いの小道をもう少し歩いて、川の上流に行くことにした。

滝の上流は穏やかな流れになっていて、中に入って歩けそうだった。

やがてたどり着いたところには、美しい池があった。

「綺麗……！」

「ここをあなたに見せたいと思っていたんだ。少し長く歩いたかいがあっただろう？」

マティアスが言って、並んで池を眺める。

木立や空をくっきりと映す水面は、かすかに青みがかっている。奥のほうは水の中から木が伸びて、池の向こうの林に連なっており、水面下には古い倒木が折り重なっているのが見える。

なんとも幻想的な光景に息をのんでいると、マティアスがおいで、と小さく言って、先に立って歩きだした。

池を眺めながらついていくと、木陰に小さな舟が係留されていた。

池の上にこぎ出すためのものだろうか。

「舟に乗ったことはある？」

「いえ、ありません」

「そうか。少し揺れるけど、いいものだよ」

マティアスが小舟に飛び乗って、こちらに手を伸ばす。

おずおずとその手を取り、小舟に乗り込むと、ふらりと浮遊するみたいな感覚があった。座るよううながされたので、敷き布が敷かれた船尾側に腰掛ける。

マティアスが舟をこぐ櫂（かい）を取り、小舟を係留している縄を外して言う。

「揺れるから、つかまっていなさい」

「は、はい……」

小舟のへりにつかまると、マティアスが櫂をこぎ、小舟をぐっと押し出した。

水の上を滑るように、小舟が進み始める。

（舟って、こんなにも静かなのね！）

馬車も馬も車輪の音や足音、いななきなどが聞こえてくるし、振動もかなりある。

でも小舟に乗っていると、水の音とマティアスが櫂をこぐ音以外ほとんどせず、思ったほど揺れもない。

おそるおそる顔を出して池を覗いてみると、水面から水の底まで、信じられないほどクリアに見えた。その美しさに思わずため息が出る。

「水が、透きとおるようですわ！」

「この森の木々が綺麗にしてくれているんだ。木立の中に入っていくから、頭上に気をつけてね？」

マティアスが言って、小舟を器用に動かし、水から木が生えている間を入っていく。

まるで木と水でできた通路のようなそこは、きらきらとした木洩れ日が美しく、空気もとても綺麗だ。

森の奥に鳥がいるのか、かすかに澄んだ鳴き声も聞こえてくる。

なんだか幻想の世界に吸い込まれていくようで、夢を見ているみたいな気分になってくる。

やがてそこだけ木々が丸く伐り取られたように開けたところに出ると、マティアスがその真ん中で小舟を止めた。

「さあ、着いた。私の秘密の場所へようこそ」

「秘密の場所、なのですか？」

「ここを知っているのは、おそらく私だけだ。幼い頃からともにいるレオも、さすがにここは知らないんじゃないかな？」

水の中から杭のように突き出ている木の枝にロープをかけ、小舟が動かぬよう固定して、マティアスが続ける。

「ここで、何をすると思う？」

「え、と？」

「とても楽しいこと……、そう、昼寝さ！」

マティアスがいたずらっぽい目をして言って、小舟の上にごろりと横たわる。

意外な行動に目を丸くすると、ヴィオラを腕枕に誘うように手を横に伸ばして、マティアスが言った。

「あなたも横になってごらん。とても気分がいいよ？」

「わ、わたしも、ですか？」

舟も初めてだったけれど、一応貴族の娘だし、屋外で昼寝だなんて、そんなはしたないことはしたことがない。

でもマティアスはとてもくつろいだ様子で楽しそうだし、今は二人きりで、誰に見られることもないだろう。

ヴィオラは言われるままに、マティアスの隣に横になり、彼の腕に頭を乗せた。

優しく抱き寄せられたから、胸に手を置いて見上げると、周りから取り囲むように伸びた枝の真ん中に青空が少しだけ覗いて、その青がとても綺麗だった。

「ちょっと、鳥の巣みたいでしょう？　それで、私たちは鳥になったような」

「あ……、そう言われてみれば」

「こうしていると、なんだか安心できるんだ。誰かの懐に優しく抱かれているような、そんな感じがするからかな」

マティアスがそう言って、目を閉じる。

「自分は弱く儚(はかな)い存在で、でもそれでいいんだと、そんな気持ちになる。またここから飛び立てばいい、今までよりも高く、遠くまで飛んでいこうとね。……ふふ、こんなことを話したのはあなたが初めてだ。軟弱だと笑われてしまうかな？」

「マティアス様……」

いつも泰然として、弱さなど少しも感じさせないマティアスの思わぬ一面を見た気がして、驚かされる。

人は弱く儚い存在だというのは、それは確かにそうだと思うけれど、帝国皇帝にまでなった男性でもそんなふうに思うのだ。

でも軟弱だなんて少しも思わないし、むしろそういうことを素直に口にできるマティアスは、やはり尊敬できる人だと思う。

それに――――。

(わたしにだけ、話してくださったなんて)

マティアスにとって、自分が心の内を安心してさらけ出せる相手だと思ってもらえているなら、それはとても嬉しいことだ。寵姫としてとかつとめだからとかそういうことではなく、一人の女として、自分は愛されているのだと感じ、喜びを覚えるのだ。

でもそれだけに、苦しい気持ちにもなる。

自分は所詮偽りの寵姫だ。姉の身代わりでここにいるだけで、いずれ去っていくことになる。それはもしや、彼が抱いてくれている信頼を裏切る行為なのではないか。そして自分の心をも偽る行為なのでは。

（わたし、やっぱり好きなんだわ……。マティアス様のことを、心から……！）

マティアスの薄い瞼と、それを縁取る長い金のまつげ。

高い鼻梁や、形のいい口唇。

目を閉じているのをいいことに、不躾なほどその横顔を見つめる。

初めて身を捧げた男性。初めて愛してくれた人。

いつの間に、こんなにも心惹かれてしまっていたのだろう。

彼に愛された思い出だけを胸に、この先自分は生きていけるのだろうか。今までのように修道院で祈りの日々を生きることが、本当にできるのか。

考えてみても、未来はあいまいに曇っている。胸には切なさばかりがあふれて、泣きそうにすらなってしまう。

（……マティアス様、お眠りになったの……？）

息が深く規則正しくなったから、マティアスが眠りに落ちたことがわかった。

手を当てた胸が上下に動き、トクトクと力強い鼓動が伝わってくる。

好きな人と二人、誰もいない愛の巣のような場所で、身を寄せ合って横たわっている。

それはとても儚い幸福だ。このままときが止まればと願っても、終わりは来る。

せめてこの時間を忘れぬよう、心にしっかりと刻みつけておこう。

ヴィオラはそう思いながら、静かに目を閉じた。

そのまま、二人でどのくらい寝ていたのだろうか。

マティアスに優しく肩を揺すられて、ヴィオラは目を覚ました。

空気が湿ってきたから雨が降るかもしれない、と言って、マティアスがいそいそと舟を岸に戻し始めたのだが、正直なところヴィオラには半信半疑だった。

だがマティアスの読みは正しく、川沿いの小道を下っている間にゴロゴロと雷の音が聞こえてきた。空が暗い雲に覆われ、不安になり始めたそのとき。

「きゃあっ！」

ピシャッとまぶしい稲妻が走り、ドンと大きな音とともに落雷したのが聞こえ、思わず頭を抱えてしゃがみ込む。

前を歩いていたマティアスが、さっと振り返って訊いてくる。

「大丈夫、まだ遠いよ。雷が怖いのかい？」

「は、はい」

「その気持ちはわかるよ。雨が降ってくる。これをかけていなさい」

マティアスが言って、上着を脱いでさっと頭からかけてくれ、肩を支えて立ち上がらせる。

彼にしがみついて歩き出すと、ざあ、と雨が降ってきた。

雷雨特有の粒の大きい雨が上着の上からぼつぼつと当たり、森の小道は瞬く間に小川のようになる。

ろくに前も見えないほどの激しい雨の中、はあはあと息を切らしながらどうにか滝の傍の小屋まで戻って、二人で中に入る。

入り口のドアをバタンと閉めたところで、またドンと雷が落ちた音がした。

「っ……！」

声も出せぬまま身をすくめると、マティアスが上着ごとヴィオラをぎゅっと抱き締めて、落ち着かせるように言った。

「大丈夫。私がついているよ、ロザリア」

「マティアス様……！」

「おそらく通り雨だ。しばらく待っていたらやむだろう。そうしたら屋敷まで戻ろう」

そう言ってマティアスが、腕をほどく。

まだおののきを覚えながら顔を上げると。

「……マティアス様！　そんなに濡れてしまって……！」

マティアスは、まるで滝にでも落ちたみたいにずぶ濡れだった。金髪は水を含んでしんなりとして、頬や額には水が滴っている。

「気にしないで。寒いから、暖炉に薪を足そうね」

マティアスが軽く言って、たね火が入っている暖炉に薪をつぎ足しに行く。

落ち着いて小屋の中を見回してみると、そこは煮炊きができるかまどのある土間と、暖炉のある細長い一続きの部屋があるだけの狭い小屋だった。

猟のときに寝起きできるようにか、奥には細い簡易ベッドがあるが、あとは先ほど片づけておいた二脚の椅子と円テーブルしかない。

でもそのテーブルの上に、先ほど使わなかったナプキンが何枚か置いてあるのが見えたので、ヴィオラはそれを取ってきて、暖炉に薪をくべるマティアスの髪と顔の水をそっと拭った。

少しくすぐったそうな笑みを見せて、マティアスが言う。

「……ふふ、ありがとう。あなたも、ドレスの裾はかなり濡れてしまったね？」

「わたしは、大丈夫で……、くしゅんっ！」

思いがけずくしゃみが出たので、顔を見合わせる。

頭から上着をかけてもらったおかげで上半身は大して濡れなかったが、腰から下はびしょびしょだから、徐々に冷えてきているみたいだ。

「これは、ちゃんと暖を取らないと二人とも風邪を引いてしまうね。濡れた服はつるしておけば少しは乾くだろうが、私たちは生身だし」

苦笑しながら言って、マティアスが訊いてくる。

「人が温まるのに一番の方法が何か、あなたは知っている？」

「いえ……。どうするのです？」

「人肌で温め合うのさ。お互い、裸になってね」

「……はだかに……？」

いきなりの言葉に、ドキリとしてしまう。

昨日の荒淫をまだ反省しているのか、今日一日、マティアスは艶めいた雰囲気を匂わせることはなかった。

だからなんとなくヴィオラもそういう心づもりがなかったのだが、こちらを見つめるマティアスの青い目には、うっすらと欲情の色が覗いている。

そしてその目を見つめ返したら、ヴィオラの身の内にもかすかな火がともるのを感じた。

今までは、それはおつとめに慣れた体が反応しているというだけなのだと思っていたが。

(マティアス様に、触れられたいわ)

もはやヴィオラの胸には、マティアスへの恋情が切ないほどに息づいている。

自分が身代わりで、一年が経てば彼の元を去らなければならなくなるとしても、今このときだけは、彼の寵姫でありたい。胸に秘めた想いが成就することはなくても、この体にマティアスの愛情を刻みつけておきたい。

これは決して、淫らな欲望などではない。

彼に愛された記憶が、彼なしで過ごす自分のこの先の人生において、おそらくただ一つの生きるよすがとなるであろうことが、ヴィオラにはわかっている。

だから、こんなにも欲しいのだ。マティアスの愛の証が。

「濡れた服を脱いで、ロザリア。温め合おう」

マティアスの甘いささやきに耳を撫でられ、それだけでビクンと背筋が震える。

ロザリア、と呼ばれ続けることを選んだのは自分だが、本当はヴィオラと呼ばれたい。本当の自分を知ってほしいと強く思うけれど、それは望むべくもないことだ。

代わりにまっさらな自分を見てほしくて、ヴィオラはぱちぱちと薪が燃え始めた暖炉の傍で、もたつく指で衣服を緩め、下着まで残さず床に脱ぎ落とした。

劣情を隠しもせずにマティアスを見つめると、彼も濡れたシャツを脱ぎ捨てて、ヴィオラの頭の後ろに手を入れて引き寄せ、キスをしてきた。

「ん……、う……」

ちゅ、ちゅ、と何度もついばむように口唇を吸われ、閉じた合わせ目を舌でなぞられて、胸が熱くなる。

マティアスの口唇も舌もとても熱く、その身からはあふれんばかりの生命力と情欲とが伝わってくる。マティアスの胸にすがりつくと、雨に濡れてしっとりとした肌の下に、熱い血が通っているのが感じられた。たくましい胸の筋肉に指を滑らせたら、それだけでこちらの体も燃えるように熱くなった。

結ばれた口唇をわずかに緩めると、マティアスが口腔に舌を挿し入れ、上あごや舌下を舐ってきた。

「ぁ、むっ、ん、ふ……」

深く濃密で、溶け合うみたいな口づけ。

肌はひんやりとしているのに、二人の体内はすでにぐつぐつと煮えたぎっているのがはっきりとわかる。もう、すぐにでも結び合わなくてはどうかなってしまいそうなほど、身も心も燃え上がっている。

はしたないとは思いつつも、マティアスの腰のあたりに手を滑らせ、濡れたズボンをなぞると、マティアスがヴィオラの舌をちゅる、ちゅる、と吸いながら、せわしく衣服を脱ぎ捨てた。

それからヴィオラをぐっと抱き寄せ、背中や腰に腕を回して、肉厚な大きな手でまさぐってくる。

「は、ぁ……」

ぬるり、と濡れた感触とともにマティアスが口唇を離し、息を荒くしながら喉や首筋、耳朶に吸いついてくる。

肌にきつく吸いつかれるたびかすかな疼痛が走り、ジンジンと熱く脈打つのが感じられる。キスの痕をつけられているのだとわかって、愛しい人に征服されていくかのような恍惚で頭がくらくらする。

腰から双丘のふくらみに下りた彼の手に、柔らかく揉みしだかれ、悦びに息を震わせると、マティアスが身を屈め、こちらを見上げながら左右の胸を交互に口に含んで、ねろねろと舌で舐ってきた。

「ふ、ぅう、あ、あ」

ベリーの実でも味わうみたいに、立ったままマティアスに両の乳首をちゅくちゅくと吸い立てられ、腰がビクビクと揺れる。

ヴィオラの肌はそれだけでじわりと汗ばみ、お腹の下のほうがむずむずと疼き出すのがわかる。秘筒もみずみずしく潤んできたのが感じられたから、膝を閉じたままもじもじと腰を揺らすと、マティアスが右の手を前に回した。

そうして淡い茂みの間から秘裂に指を挿し入れ、感じる場所を探り当てて優しくいじってくる。

「んあ、ぁあ、う、ぅっ……」

乳首を口唇と舌とでこね回されながら、真珠粒をふっくらとした指先でクニクニと可愛がられて、淫らな悦びの声を上げてしまう。

立ったまま、そんなふうにして二か所を同時に愛撫されるのなんて初めてだ。とても気持ちがいいけれど、快感で足が震えて膝から崩れ落ちてしまいそうになる。

マティアスの肩に手を置いてどうにか身を支えると、マティアスが胸をしゃぶりながら指をさらに奥まで挿し入れ、濡れた入り口から真珠を包む合わせ目まで、長い指全体を使ってゆっくりと前後にこすり始めた。

「は、ぁあ、マティ、アス、さ、まっ」

秘裂をまさぐる彼の指は、すぐに淫猥な蜜で潤んできて、前後に動くたび花びらの中に沈んでいく。行き来する指の動きに運ばれて、パール粒にもたっぷりと愛液が施されると、こすられる感触がなめらかになり、動きも少し速くなった。

ちゅぷ、と音を立てて乳首から口唇を離して、マティアスが言う。

「あなたのここ、温かくなってきたよ。こうすると、いい?」

「あっ、ああ、はあ!」

長い舌で乳輪をれろれろと舐め回され、指を前後に動かすスピードをさらに速められて、喜悦の声が裏返る。

前後の動きに加え、中をかき回すようにされて、そのたびに上がるくちゅくちゅという水音の淫猥さに、頭と頬が熱くなる。

思わず身が震えてしまうが、それが寒さのせいなのか羞恥のせいなのか、あるいは悦びそのもののせいなのか、自分でもよくわからない。

欲情だけはどこまでも昂っていき、乳首も真珠も花びらも、熟れてぷっくりとふくらんでくる。それとともに、頂の兆しも湧き上がってきた。

「ぁ、ああ、マティアス、様っ、もうっ」

「達きそう？」

「は、いっ」

「ふふ、可愛らしく腰が揺れているね。自分で動くのも気持ちがいいものだろう。私の指の動きに合わせて、もう少し腰を揺すってごらん」

マティアスがこちらを見上げながら言う。

今まで、知らず腰が動いたり、弾んだりしたことはあっても、自分から動いたりしたことはなかった。そんなふうにするのははしたないことなのではないかと、無意識にそう思っていたところもある。

でも、こちらを見上げるマティアスの目はそれをうながしている。ヴィオラはためらいを振り捨てて、自ら腰を揺すった。

「ああ、うぅっ、はあ、ああっ」

マティアスの肩に置いた手で上体を支え、指の動きに合わせて腰を前後に動かすと、背筋を鮮烈な快感が駆け上がり、チカチカと視界が明滅した。

自分からそんなことをするのは、これがおつとめだとしても、やはり恥ずかしい。けれど恋しく思っている相手に望まれ、彼の体の一部で気持ちよくなっているのだと思うと、体は素直に興奮するみたいだ。

いくらも経たずに、お腹の底で止めようもなく悦びが爆ぜる。

「あっ、あっ、ぃ、ちゃっ、い、ますっ……！」

ビクン、ビクンと腰を跳ねさせながら、頂をたゆたう。

立ったまま達ったのなんて初めてだが、腿や膝がガクガクと震える感じが新鮮で、思いのほか心地いい。ヴィオラが達する様子を見つめて、マティアスがうっとりと言う。

「気持ちよかったかい？」

「は、ぃ」

「肌が薔薇色になって……、とても素敵だよ？」

そう言われて体を眺めると、肌が上気して薔薇色になっている。

一瞬温かく感じたが、絶頂の余韻が去ると、また肌寒さを感じた。

（……マティアス様と、ちゃんと触れ合いたいわ）

手を置いているマティアスの盛り上がった肩は、筋肉質でとても温かい。彼と直接肌を重ねたら、きっととても温かいはずだ。

震える声で、ヴィオラはねだるように言った。

「……マティアス様、私、寒いですわ」

「今すぐ温めてあげるよ、ロザリア」

マティアスが言って、ヴィオラを暖炉の前に敷かれた大きな毛皮のラグへと誘う。

おずおずと身を横たえると、マティアスが大きな体で覆いかぶさるように身を重ねてきた。

ヴィオラはああ、と感嘆のため息を洩らした。

思ったとおり、マティアスの体は暖炉の火よりも温かい。たまらず首に抱きつくと、マティアスが頬を合わせて、ヴィオラの腰や双丘、腿を手で撫で擦(さす)って温めてくれた。

でも胸と胸を合わせられ、腰を下腹部のあたりに押しつけられたら、さらに熱いものの存在を感じて知らずアッと声が出た。

お腹に密着したひときわ熱いそれは、彼の屹立(きつりつ)した剛直だ。その熱とボリュームを感じただけで、蜜筒にまたジュっと愛液があふれてくる。

マティアスと一つになりたい。その大きなもので埋め尽くされて、何もかもを忘れて悦びに耽溺したい。

こんなにも激しい欲情を覚えたのは初めてだ。

つながってほしいだなんて、自分からねだったことはないけれど、マティアスへの恋情が、今にも堰(せき)を切って流れ出しそうで――。

「もうこのままつながるよ、ロザリア。楽にしていて」

まるでヴィオラの欲望を感じ取ったかのように、マティアスが身を重ねたまま言って、腰を少しだけ浮かせて切っ先を茂みと腿の付け根のあたりに押しつけてくる。

この体位でどうやってつながるのだろうと一瞬戸惑った瞬間、マティアスはそのまま、腰を沈めるようにしながら雄を奥へと進めてきた。

「あっ……、あ、ぁっ」

彼の大きな先端部が花の芽をぐりっとこすり、そのまま花びらの裂け目を滑り下りて蜜口に入り込んできたから、あっと小さく声がこぼれた。

脚を伸ばして閉じ気味のまま、前から熱杭を沈められたのは初めてだ。

入り口が少し奥まって狭くなってしまうせいか、とてもきつく感じるのだけれど、むしろその狭さが密着感を生むのか、蜜を巻き込んで互いにピタピタと吸いつくみたいな感覚がある。

上体をぴったりと重ね、ヴィオラの腿の脇についた膝で身を支えるようにして、マティアスが腰を使い出す。

「あっ、ああっ、ひ、ぁあっ」

脚を開いていないから、挿入は比較的浅い。

だがきつい蜜壺を張り出した雄の先端でかき回される感触は、いつもよりもずっと強く感じる。おまけに杭が行き来するたび、熟れてふくらんだ花の芽を幹でゴリゴリとこすり立てられるものだから、中でも外でも感じさせられる。

マティアスが声を揺らして言う。

「あなたの肌が温かくなって、汗ばんできた。こうしていると、体中が熱っぽくなってくるね？」

「は、ぁあ、マティアス、さ、まもっ」

「ああ。あなたと肌を合わせ、一つになると、私はどこまでも温かくなる。体だけじゃなく、心もだ」

そう言ってマティアスが、ヴィオラの頰に口づけてくる。

「こんなふうになるのは、あなただけだ」

「わたし、だけ？」

「そうとも。私はあなたにしか興奮しない。あなただから、私のここはこんなにも激しく昂るのだ……！」

「あぅっ！　はあっ、ああ、ああっ……！」

マティアスが腰を大きく弾ませ、より深くまでヴィオラの中を熱杭で穿ってきたから、こちらの声もワントーン上がる。

硬くて大きな頭の部分が中の感じる場所をえぐり、奥のほうのきつい場所を押し開くみたいに突き上げるたびに、頭のてっぺんから足の先まで悦びのしびれが駆け抜ける。

下腹部同士がぶつかる衝撃でお腹の底がぶるり、ぶるりと揺れるのもとても気持ちがよくて、知らず笑みすら浮かぶ。

(わたしだけ、だなんて……!)

そんなふうに言われると、心まで温かくなる。彼の昂りはヴィオラへの想いで、この悦びが彼から与えられる愛情なのだと感じるだけで、身も心も歓喜するのがわかる。

ずっとこのままでいられたらと、ついそんなふうに思ってしまうのだけれど。

「ああ、ロザリア、ロザリア……!」

頂へと登り始めたマティアスが、うわごとのように姉の名を呼ぶ。

その名で呼ばれることに、最初は早く慣れようとしていた。

首尾よく身代わりを務めることが自分の役割だと、少しの疑いを抱くこともなくそう思っていた。

でも今はもうつらい。偽りの名で呼ばれることが哀しくて、涙が浮かんでしまう。

せめて悦びだけでも体に刻みつけて、永遠に忘れずにいることが、この切ない恋のささやかな成就なのではないか。

「ふ、ぁあっ、マティアス様がっ、大、きくっ、なって……!」

「あなたが素敵だからさっ! もう、こらえられないっ」

「マティアス、様っ、ああ、ぁっ、わたしも、またっ――」

マティアスが何度か行き来した直後、ヴィオラのお腹の底で絶頂の波が一息にドッと爆ぜ、体がビクン、ビクンと何度も跳ねた。

真珠粒はピクピクと震え、律動するマティアスを締めつけるように、肉壁がきゅうきゅうと収縮する。

絡みつく肉の襞をかき分けるように熱杭を奥まで沈め、哮(たけ)るような声を上げて、マティアスが動きを止める。

「ふ、ぅうっ……」

男性的な色香が匂い立つような甘やかな声を発しながら、マティアスがヴィオラの中に灼熱を注ぎ入れる。

どろりと重いそれは、ヴィオラの内奥にしたたかにあふれ、つなぎ目からじわりとしみ出して毛皮のラグにこぼれた。

その温かく濡れた感触すらも愛おしくて、まなじりから涙がつっと落ちる。

(もう、おつとめなんかじゃ、ないんだわ)

マティアスと肌を重ね、結び合って悦びの頂を極めて、彼の雄の熱を注がれる。

行為のすべてが嬉しくて、心も体も歓喜に沸き立つ。

自分が身代わりであることも、先のない恋をしていることも、今この間だけはどこかに行ってしまい、求めるがままに満たされる感覚だけを味わうことができる。

皇帝でもその寵姫でもなく、ただの男と女でいられるのだ。

「……ロザリア、私はあなたが愛おしい」

マティアスが頭を持ち上げ、うっとりとした目でこちらを見つめる。

「あなただけだ。だからどうか、私の妻になってほしい。どうかな？」

「……っ……？」

思いもかけない言葉が耳に届いたから、一瞬幻聴か何かかと思った。

でもマティアスの青い目は澄んでいて、何かおかしなことを言ったとも思えない。

妻になってほしい。それは、結婚してほしい、ということ……？

「驚いているね。それも当然だ。でも、私たちの間にあるこの感情は、そうすることがもっとも正しいことだと告げている。そうではないかい？」

「マティアス、様……！」

ヴィオラの心に生まれたマティアスへの恋情。

口に出したりはしていないのに、彼はそれを察してくれている。そして彼のほうも、ヴィオラに確かな想いを抱いてくれている。

互いの気持ちが通じ合ったのを感じて、胸が甘くしびれる。

結婚。

それはヴィオラが想像しうる限り、最高の恋の成就だ。マティアスにそれを望まれているなんて、こんなにも嬉しいことはない。

だけど――――。

（マティアス様は、ロランディア帝国の皇帝陛下なのよ……？）

貴き身分に生まれた人には、ふさわしいお相手というものがあるはずだ。あの舞踏会のような場でも、それをひしひしと感じた。

マティアスがそういうことに縛られたくないと考え、好きな相手と結ばれたいと望んでいるのだとしても、自分はロザリアの身代わりだし、このままずっと「ロザリア」でいることもできはしない。

ダンベルト伯爵家にとっていないことになっている自分のような娘では、皇后になどなれるはずもないことは、考えてみるまでもなく明らかではないか。

（……駄目よ、ヴィオラ。多くを望んだりしては）

自分は確かに、マティアスに愛されている。自分の幸せは、その思い出を心に抱いて生きることだけ。

哀しいけれど、それがヴィオラにとっての現実だ。修道院で静かに暮らすことが、ふさわしい生き方なのだ。

自分に言い聞かせるようにそう思い、ヴィオラは言った。

「そんなふうにおっしゃっていただけるなんて、一人の女として、とても光栄に思いますわ、陛下」

あえて陛下と付け加えて、泣きむせびそうになるのをこらえながら続ける。

「ですが、陛下はご身分のある方です。御身はまさに帝国そのもの。わたしがここで軽々しくお返事をすることなど、とても……」

「つまり、皆がどう言うか気にしているのかな？」

「もちろんです。特に父が、どう思うか……」

寵姫にでも取り立ててもらえるよう励めと言っていた父伯爵だが、まさかこんな事態までは想像していなかっただろう。

それ以上なんとも言えず言葉を濁すと、マティアスが小さくうなずいた。

「あなたの言うことはもっともだ。確かにお父上とも話したいだろうね」

マティアスが言って、優しい笑みを見せる。

「だが、たとえ反対や異論の声が上がったとしても、私はできれば、言葉を尽くして自分の思いを話したい。お父上にも考えがあるだろうが、私としては、ダンベルト伯爵とは良好な関係を築きたいと思っているのだ。そう、ロランディア帝国初代皇帝、マティアス・マクシミリアンとしてはね」

「……？」

マティアスの言葉に、何か少し含みがあるのを感じて、ヴィオラの心に小さな疑問が浮かんだ。

　そういえば父伯爵は、謎の「悲願」を抱いているファルネーゼ公爵と親しく、何か不可思議な議論の場にも参加していたとラウルが言っていた。

　そこにはもしや、ヴィオラのあずかり知らぬ政治的な事情でもあるのだろうか。

「まあいい。あなたは何も心配しなくていい。何か問題が起こったとしても、私がすべて解決する。そうしたら、よい返事をもらえるかい？」

　鷹揚な表情を見せて、マティアスが訊いてくる。ヴィオラはうなずいて言った。

「そういう、ことでしたら……」

　マティアスが問題をすべて解決してくれたとしても、自分が身代わりであることは変えようのない事実だ。

　だから本当の意味での問題解決などあり得ないと思うが、少なくともそれを夢見ることはできる。

　儚い夢の続きを少しでも見られるなら。

　ヴィオラがそんな苦い気持ちでいることは、さすがにマティアスも見通せなかったようだ。嬉しそうに微笑んで、マティアスが言う。

「嬉しいよ。どうか私を信じて、ロザリア」

「……あ……」

蜜筒から雄を引き抜かれ、体の一部が抜け落ちたような喪失感を覚える。

花びらの合わせ目のあたりがまだジンジンと疼いているのを感じ、ほんの少し名残惜しく思っていると。

「ねえ、ロザリア。もっと温まりたくないかい？」

「え」

「あなたの背中やお尻も温めてあげたいな。うつ伏せになってみようか」

「あ、あのっ……？」

ラグの上でくるりと体をひっくり返され、背中にたくましい胸と引き締まった腹を押しつけられて、知らず小さくため息が出る。

背後から身を包み込まれると、なんだか安心感がある。

温かさにうっとりしていると、蜜筒から彼が放ったものがこぼれそうになった。

流れ出てしまうのがなんとなく惜しくて、腰を少し上向けたら、マティアスがそのまま、後ろから肉杭をつないできた。

「ぁあ、あんっ」

ぬるり、となめらかに沈み込んできた雄は、まだ硬く大きく息づいていて、先ほどよりも深くまでヴィオラを貫いてくる。

腿の両脇を太い腿で挟むみたいにされ、下腹部を双丘に押しつけられて、肉茎をすべて収められたのだとわかった。

「ああ、この体位だと、すごく奥まで結び合えるね？」

「……あう！　あ、ぁっ……！」

ぐんと揺すり上げられ、奥を突かれただけで、思いがけずまた達してしまい、下肢がガクガクと震える。

内襞が収縮するたびア、ア、と小さく声が出て、お腹の底もヒクヒク震える。

締めつけられる感触がたまらないのか、マティアスがああ、と甘い声を洩らして、秘密めかした声で言う。

「あなたの中、すごく達きやすくなっているね？」

「おっしゃら、ないでっ、恥ず、かし……っ」

「そんなこと言わないで、もっと達って、ロザリア。あなたのここがとても嬉しそうに震えることを知っているのは、私だけなんだから。今までも、これからもね」

「マティアス、さ、まっ、はぁっ、あ、ああっ、ああっ」

強くリズミカルに腰を打ちつけられて、悦びの声が止まらない。

マティアスだけを受け入れてきたこの体は、まるで彼の形を覚えているみたいだ。

悦びに啼き乱れるヴィオラの痴態を知っているのも彼だけで、それはこの先もずっとそうなのだろう。

彼の元を去る日が来ても、この悦びをずっと覚えておこう。
ヴィオラはそう思いながら、熱い肉杭が与えてくれる深い快感を味わっていた。

第五章　運命――交錯する想いの果てに

「ナァ～」

「まあ、ミミったら可愛らしい声で鳴いて。ブラシが気持ちいいの？」

「ナァ、ナァ」

「ふふ、ルルもしてほしいのね？　じゃあ、ここに来て？」

グランロランディア宮殿にある、ヴィオラの私室。

ヴィオラは少し大きくなった子猫たちにブラシをかけ、毛並みを整えていた。弱々しかった子猫たちだが、今ではすっかりここに慣れて、皆に可愛がられている。

(昨日一日お出かけしていたから、マティアス様も今日はお忙しいようね)

昨日はあのあと、すっかり日が暮れる頃まで小屋で雨宿りをしていた。

状況を察したのかマノンが森番と一緒に衣服を運んできてくれたので、それをまとって森の屋敷まで戻り、彼女が用意してくれていた夕食を取った。

帝都の宮殿に戻ったのは夜も更けてからで、すっかり疲れていたヴィオラは、私室に下がって夢も見ないでぐっすり眠ったのだった。

今朝はいくぶんゆっくりと目覚め、昼を過ぎてもマティアスに呼ばれることもなかったので、ミミとルルの世話をしながら静かな午後を過ごしていたのだったが……。

「ロザリア様、よろしいでしょうか？」

部屋の外から女官に声をかけられたので、ヴィオラは腰かけていた長椅子から立ち上がり、入り口のほうに行った。

廊下に顔を出すと、女官が潜めた声で告げた。

「陛下が、急ぎお庭のほうへおいでくださるようにとおっしゃっています」

「お庭へ？」

「はい。どなたか、お客様がいらしているとのことで」

(お客様……？)

心当たりは少しもない。いったい誰が訪ねてきたのだろう。

よくわからないが、ヴィオラは姿見でさっと身繕いをして、女官のあとについて庭に向かった。いつもお茶会が開かれている庭の木立の真ん中へ行ってみると。

「……まあ、お父様！」

真っ白なクロスがかかった長テーブルの片方の端の席に、父伯爵が座っていたので、驚いて声を上げる。どこか呆然(ぼうぜん)とした顔をしていた父伯爵が、ヴィオラに気づいて慌てた様子で立ち上がる。

「ヴィ……、い、いや、おまえ！　いったいどういうつもりなのだ！」

「どう、とおっしゃいますと……？」

「手紙の話だっ。おまえ、皇帝陛下と何をっ……」

やや怒気を帯びた声で、父伯爵が何か言おうとしたところで、テーブルを囲む木立の間からマティアスがやってきたから、父伯爵が口をつぐむ。

にこやかな笑みを浮かべて、マティアスが言う。

「やあ、来たねロザリア。ダンベルト伯も、領地からはるばるよく来てくれた。急な呼び出しで驚いただろうね？」

「っ？」

「呼び出し……、陛下が、お父様を呼び出されたのですか？」

「ああ、そうだ。昨日あなたと愛し合いながらした話を、すぐにでも伝えたかったからね」

愛し合いながら、という言葉に父伯爵が息をのむ。

何か言いたげだが言葉が見つからない様子の父伯爵に、マティアスが言う。

「まあ、かけて。あなたはこちらへ」

マティアスが長テーブルの反対の端へ行って席に着き、ヴィオラを傍らの席に座らせる。

父伯爵が戸惑いながらも再び席に座ると、メイドがワゴンを押してきて、三人に紅茶をサーブし始めた。

妙な空気の中、マティアスが口を開いた。

「ご領地の作物の出来はどうです、ダンベルト伯？」

「っ？　ま、まあ、上々です。例年どおり、秋まきの麦も順調に育っております」

「それは何よりだ。ダンベルト伯爵領は帝国有数の穀倉地帯の一つですからね」

そう言ってマティアスが、意味ありげに父伯爵を見つめる。

「戦乱の時代が終わり、平安の世を築くのには、肥沃な農地は何よりの恵みだと、私は考えているのです。伯爵にはぜひ領地や領民たちを大切にしていただきたい。私としても、諸外国の最新の農法の紹介や農耕機具の提供は惜しまないつもりです」

「は、はあ」

いったいなんの話なのかと問いたげに、父伯爵がこちらをちらちら見るけれど、ヴィオラにもよくわからない。

注がれた紅茶を優雅に飲みながら、マティアスが話を続ける。

「ときに、ロザリア嬢は野の果物や森の木の実に関する知識が豊富でいらっしゃいますね、伯爵」

「……はっ？」

「帝都に建設中のライブラリーに収められるような、植物に関する専門的な書物の知識もお持ちなので、驚かされました。文学への造詣も深く、私はとても感服しております。これからの時代、女性もそのようにあるべきだと私は思うのです」

いよいよ話が見えなくなったのか、父伯爵が小首をかしげる。

マティアスがこちらを見て、笑みを見せる。

「ロザリア嬢は、とても聡明な女性だ。そういう女性には、なるべくふさわしい場所にいてもらいたい。私は今、心からそう感じているのですよ」

「……あ、あの、陛下。陛下は、いったい何を……？」

やや混乱した表情で、父伯爵が何か問いかけようとしたそのとき、木立の向こうで人声がした。声のしたほうに目を向けると。

「……やあ、公爵。急に呼び立てて申し訳ない。よくいらしてくださった」

マティアスがさっと立ち上がって言う。

木立の間から姿を現したのは、怪訝そうな顔つきのファルネーゼ公爵だった。

ヴィオラと父伯爵がいることにほんの少し驚いたふうだったが、特に何も言わずにマティアスのほうを見て告げる。

「陛下のお呼びとあれば、どこへなりと参ります。何かあったのですか？」

ファルネーゼ公爵の顔は無表情だが、やや警戒心が見える。マティアスがにこやかに微笑んで言う。

「まずはおかけを。大切な話があるのです。彼女に関してね」

マティアスの言葉に、父伯爵が不安げな顔をする。

何が起こるのだろうと、ヴィオラも少し心配になってくる。

(わたしに関するお話って、やっぱり昨日のあのことよねっ?)

もしやマティアスは、ヴィオラを寵姫にしたことだけでなく、昨日話したこと、つまりヴィオラを妻にしたいという話までも、本当にこの場でしようとしているのだろうか。

心の準備が間に合わず、ヴィオラが内心慌てていると、ファルネーゼ公爵が長テーブルの真ん中あたりに腰かけて、静かに問いかけた。

「それは、どのようなお話かな。私にも関係のあることなのだろうか?」

「ええ、もちろん。実はね、私は彼女、ダンベルト伯爵家のロザリア嬢を、正式に妻にしたいと考えているのです。つまり、皇后にね」

皇后、という言葉に、皆が一瞬息を詰めた。

帝国皇帝の妻、皇后となれば未来の国母となるかもしれない存在だ。耳にしただけで寵姫などとは重みが違うのをひしひしと感じる。

だがそれだけに、今ここにいるヴィオラのことが話されているのだという現実感はまったくなかった。半ば唖然としている三人に、マティアスがよどみなく続ける。

「ついては、ダンベルト伯爵には結婚の許しをいただきたい。そしてファルネーゼ公爵。私がもっとも尊敬する帝国貴族の一人であるあなたには、ぜひこの結婚の証人となってもらいたいのだ。願わくば、将来生まれてくるであろう皇太子の名付け親にもなっていただきたい。

お二人とも、いかがかな？」

（……それって……？）

マティアスの提案に、ヴィオラは内心ヒヤリとした。

ロザリアとラウルの縁談や、父伯爵とファルネーゼ公爵とが親しいこと、二人がマティアスにあまりよい感情を抱いていないらしいこと。

ヴィオラが父やラウルから断片的に聞いて、おそらくそうなのだろうと感じていることについて、マティアスがどれくらい知っているのかはわからない。

でもマティアスの提案は、三人の関係を変えうるもの、特に父伯爵とファルネーゼ公爵の間に、分断を生むような話と言えるのではないだろうか。

ファルネーゼ公爵は無表情を装っているが、眉根はかすかに寄せられ、頬が小さくひきつっている。父伯爵の額には玉のような汗がドッと噴き出して、その目はうろうろと泳いでいる。

これはいわゆる、政治的な駆け引き、というものなのかもしれない。マティアスはあえてこのような話をして、それによって大人の貴族男性二人が、激しく動揺させられているのでは……？

「……これは、驚きましたな。いきなり妻に、とは」

気を取り直したように、ファルネーゼ公爵が言う。

「しかし、陛下。あなた様は帝国皇帝であらせられる。妻となる女性は、なんというか、いくらか時間をかけてじっくりとお選びになったほうが……」

「もちろんそうしたのだとも、ファルネーゼ公。その上で、私は彼女の父であるダンベルト伯に結婚の許可を求めているのだ。私の妻にふさわしい女性はほかにはいない。私には彼女だけだ」

(マティアス様……、そんなふうに思っていただけているのは、嬉しいけれど)

率直に言って、ファルネーゼ公爵の言葉は正しいと思う。誰かほかの帝国貴族に話しても皆同じことを言うだろうし、反対の声が上がって大問題になるに違いない。

やはりマティアスが問題をすべて解決する、というのは無理な話なのだ。

でも、自分はそこまで思ってもらえているのだと、それを聞けただけで満足だ。

恋の成就は儚い夢。今その夢が醒めようとしているのなら、もうそれでいい。

そう思っているヴィオラをよそに、マティアスがさらに続ける。

「伯爵に許可をいただけたなら、もう明日にでも皆に知らせたいと思っています。公爵もいかがです。証人になっていただけるかな?」

「陛下のお気持ちは、わかりましたが……、しかし……」

「どうか私の願いを聞いてはくれまいか、お二方。ぜひともあなた方のお力添えをいただきたいのだ。帝国の繁栄を築くためにも!」

そう言ってマティアスが、不意に潜めた声で続ける。

「実は帝国領民の中には、反皇帝、いわゆる反マティアス派と呼ばれる者たちがいる。その考え方に、一部貴族も賛同しているという噂だ。一部は『三日月党』などと自称している者たちなのだが、ご存じかな？」

「なっ……？」

ファルネーゼ公爵と父伯爵とが、顔をこわばらせる。

父伯爵がその名を口にするのをヴィオラも聞いたことがあったが、その意味はわからなかった。まさかそんなにもあからさまな反抗の意思を持った人たちだとは思わなかったし、皇帝であるマティアスにその存在を把握されているというのは、大変なことだ。

もしやマティアスは、本当はそのことで二人を糾弾しようとしているのではないかと、おののきを覚えていると、マティアスが笑みを浮かべてファルネーゼ公爵を見つめた。

「私はまだ若く、決して万能ではないことは自分でもよくわかっている。帝国の繁栄を長く築いていく上で、様々な考え方や意見があることも、もちろん否定はしない。だがこの私とて、道半ばで打倒されるわけにはいかないのです。初代皇帝としてね」

マティアスが言って、穏やかに続ける。

「私はあなたを心から信頼しているのですよ、ファルネーゼ公。ダンベルト伯爵ともあなたとも、末永く良好な関係を築いていきたいと考えている。だからこそこの結婚の証人になってもらいたいのです。ご理解いただけるかな？」

公爵の顔が徐々に青ざめていくのが、ヴィオラの目にもわかる。

――おまえたちのたくらみはわかっている。

皇帝であるマティアスに暗にそう言われて、平静でいられるわけもない。

やがて顔から滝のような汗を流しながら、父伯爵が言った。

「……仰せのとおりにいたします、皇帝陛下」

「……っ！」

「娘は……、ロザリアは、あなた様のものです、永遠に！」

どこか頓狂に響いた父伯爵の言葉に、ファルネーゼ公爵が目を見開いてその顔を凝視する。

ヴィオラもまさかと耳を疑っていると、マティアスがおお、と歓喜の声を上げた。

「今日は最良の日だ！　私の願いが叶った……！」

マティアスが大仰な声で言って立ち上がり、ヴィオラのほうを見る。

「あなたを妻にできるなんて夢のようだ！」

(わたしが、マティアス様の、妻に……？)

言われた言葉の意味が、一瞬すっと理解できなかった。

多くを望まず生きてきたせいか、そんなにも自分にとって喜ぶべきことが起こるはずがないと、否定しそうにもなった。

でもどうやら、聞き違いではなかったようだ。ファルネーゼ公爵がなんとも居心地の悪そうな表情をその顔に浮かべて、頼りない声で言う。

「……陛下のお気持ちが、そんなにも強く、揺るぎないものなのであれば、この私も微力ながら、お支えいたしたく……」

「では、証人になってくれますねっ？　ありがとう、ファルネーゼ公！　やはりあなたは素晴らしい方だ！　これからも手を取り合ってゆきましょう！　帝国の輝かしき未来のために！」

マティアスがファルネーゼ公爵に近づき、その手を取ってわしわしと力強く握手をする。公爵がひきつり気味の笑みを見せて言う。

「も、もちろんです。いただいた信頼にお応えできるよう、努めていく所存です。……ときに、陛下。実は所用を思い出しまして……、いったん、この場を下がらせていただいてもよろしいかな……？」

「ええ、むろんです。お忙しいところ、お呼び立てして申し訳ない。私としてはもう今すぐにでも結婚したいところだが、そうは言っても段取りというものもある。よければ今夜、晩餐を一緒にいかがかな？」

「……仰せの、とおりに」

「けっこう！　ではのちほどお待ちしていますよ」

にこにこと微笑んで、マティアスが言う。

ファルネーゼ公爵がそそくさと逃げるように木立の向こうへと去っていくと、ヴィオラの心にじわじわと嬉しさがこみ上げてきた。

これは現実だ。自分を妻にとマティアスが願い、父や名のある帝国貴族が、それを認めると言ってくれたのだ。

だけど――――。

（わたしは、「ロザリア」として結婚するの……？）

そんなことが可能なのだろうか。身代わりのまま結婚するなんてことが、本当に？

「……恐れながら、陛下」

「ん？　何かな、ダンベルト伯？」

テーブルの向こうの端で、父伯爵がのっそりと立ち上がって呼びかけてきたので、マティアスが顔をそちらに向けて応える。

こわばった顔のまま、父伯爵が言う。

「その……、私と娘も、一度下がらせていただいても？」

「下がる、とは……、まさか領地にではないよね？」

「い、いえ、もちろん帝都のタウンハウスのほうで！　結婚となれば、何かと支度もありますし……」

父伯爵の申し出はもっともだ。マティアスが思案げにこちらを見つめて、それから父伯爵に言う。

「かまわないとも。親子で話したいこともあるだろうしね。今夜の晩餐までに戻ってこられるかな?」

「は、はい」

「ではそのように。しばしのお別れだ、ロザリア。晩餐で会いましょう」

マティアスが言い、ヴィオラの手を取って甲に口づける。

こちらを見つめる青く美しい瞳を、ヴィオラは半ば呆然と見つめていた。

ダンベルト伯爵家のタウンハウスは、帝都の北の外れにあった。

馬車で屋敷まで移動する間、父伯爵はむっつりと押し黙って、一言も言葉を発することはなく、ヴィオラのほうを見もしなかった。

これからどうすべきか話し合ったほうがいいのではと、ヴィオラは思っていたのだが。

「なんということをしてくれたんだ、この、厄介者がっ!」

「きゃっ……!」

家に着くなり父伯爵にドンと突き飛ばされて、ヴィオラはエントランスホールの絨毯が敷かれた床に倒れ込んだ。おののいて見上げたヴィオラに、父伯爵が顔を真っ赤にして言う。

「おとなしそうな顔をして皇帝を惑わすなど、おまえはやはり忌み子だ！　恥を知れ！」

「……まあ、二人とも、いったいどうしたんですのっ？」

屋敷の二階からロザリアが階段を下りてきて、目を丸くして訊いてくる。

どうやら、父伯爵に帯同して領地からやってきていたらしい。忌々しげに、父が嘆く。

「こやつめ、皇帝陛下をたぶらかしたのだ。やはりこの娘は、我がダンベルト家の災厄だ！」

「たぶらかす……？　ヴィオラが、皇帝陛下を？」

言葉の意味がわからなかったのか、ロザリアが小首をかしげる。

そんな言い方をされるとは思わなかったから、何やら胸が痛い。

(わたし、たぶらかしたりなんて……！)

確かにヴィオラも、求婚されるに至るとまでは想像していなかった。

でもたぶらかすだなんて、あまりにもひどい言い方だ。そもそも、寵姫に取り立ててもらえるよう励めと言ったのは父伯爵なのに。

「おまえからの手紙を受け取って心底仰天したぞ！　余計なことはするなと返事を書こうとしていたら、今度はファルネーゼ公からも急ぎの書状がきた。皇帝が『ロザリア』を寵姫にしたらしい、うちの息子の嫁にという話だったのにどういうことなのか、とな！」

父伯爵の言葉に、ヴィオラが目を見開く。父が苛立たしげに続ける。

「だから本当は今日にでも、ファルネーゼ公に事情を説明する手紙を出すはずだったのだ。帝都に上がった娘は我が娘にあらず、と。だが今朝早く、マティアスめの使いが領地までやってきた。直々に話があるから急ぎ帝都に上がれと命じられ、なんの話かと思えば……、よもや妻にしたいなどと、血迷ったことを言われるとは！」

「妻って、皇帝陛下のですかっ？　ヴィオラが？　でも、ヴィオラは私の代わりに……」

「マティアスの奴も、いまだこやつがおまえの身代わりだとは知らぬのだ、ロザリア！　おまえの純潔を守ろうとした策が、こうも裏目に出るとは……！」

「まあ……、なんということでしょう」

ようやく状況がのみ込めたのか、ロザリアが絶句する。

それから探るように、父伯爵に訊ねる。

「でも、わたしはラウル様と……。皇帝陛下のお話は、断っていただけたのでしょうね？」

「奴は『三日月党』のことを嗅ぎつけて、ファルネーゼ公もいる前でそれを匂わせてきたのだぞ！　断ったりなどできるか！」

「そんな……！」

「そういえば……、マティアスはやたらと我が領地のことを褒めていた。そうか、あれは逆らえば領地を没収するという、脅しだったのだ。そうに違いない！」

父伯爵が恐ろしいものでも見たような顔をして言う。

ロザリアが困惑した顔で問いかける。

「皇帝陛下が、本当に結婚をお望みなのだとして、これから、どうするおつもりなのです？」

「どうもこうも、こうなってはせいぜい皇帝に媚びて、我が身の保身を図るほかない。ダンベルト家から皇后を出せるのだ。考えようによっては、悪くないことかもしれん」

父伯爵が決然と言って、こちらをねめつける。

「ヴィオラ。おまえは今すぐ、ロザリアと入れ替われ」

「え……」

「奴の望みどおり、娘を妻として差し出す。おまえでなく、本物のロザリアをな！」

「そん、なっ……」

「何を言ってらっしゃるの、お父様！」

ほとんど同時に声を発したヴィオラとロザリアに、父伯爵が不快そうな顔をして声を荒らげる。

「我が家に娘は一人！　何があろうとそれは変わらん！　おまえは皇后になって子を産み、ダンベルト家の誉れとなるのだ、ロザリア！」

「お父様、でも……！」

「口答えは許さんぞ！　ヴィオラ、おまえは元より修道院に戻る身。不服はあるまい？」

「……それは……」

ほんのつい先ほどまで、ヴィオラ自身そう思っていた。

彼に愛された記憶を胸に、修道院で静かに暮らしていこうと。

でも、ここでロザリアと入れ替わるのは違う。それは嘘に嘘を重ねること、いやそれ以上の恐ろしい欺瞞だ。ヴィオラは首を横に振って言った。

「そんなこと、いけませんわ、お父様。これ以上の嘘を重ねてはなりません」

「なんだとうっ？」

「わたしに不服はありません。でもロザリアお姉様は、ラウル様を想っていらっしゃるはず。皇帝陛下のお気持ちだって……！」

「黙れ、このふしだらな女め！　うぬぼれもたいがいにするがいい！」

ぴしゃり、と頬を叩かれて、また絨毯の上に倒れ込む。

ロザリアが慌てて割って入って言う。

「おやめになって、お父様！　もう、わかりましたから！」

ロザリアが屈んで、肩を支えて助け起こしてくれながら続ける。

「元々わたしが帝都に上がるはずだったんだもの。それをヴィオラに押しつけたせいで、あなたを大変な目に遭わせてしまった。わたし、本当に申し訳なく思っているわ」

「お姉様……」

「入れ替わっても、元に戻るのだと思えば嘘を重ねることにはならない。むしろ正しい行いと言えるでしょう。もちろんラウル様のことは、お慕い申し上げておりますけど……、わたしたち貴族の娘は、何事も思いどおりになんてできないものなのですわ」

目に哀しみの涙をいっぱいに溜めて、ロザリアが言う。

多くを望まないで生きてきたのは、どうやらヴィオラだけではなかったようだ。この国では、女が一人で生きていくことなどできないのだから、結局は父の命令に従うほかない。

貴族の娘の人生とは、なんと哀しいものなのだろう。

「服を取り替えましょう、ヴィオラ」

優しくうながすロザリアの言葉に、父伯爵がそれが当然だという顔をして冷たくこちらを見る。やるせない気持ちになりながら、ヴィオラはゆっくりと立ち上がった。

その夜のこと。

ヴィオラはタウンハウスの二階の部屋の窓辺に座り、小さなランプだけをつけて昇り始めた月をぼんやり眺めていた。

父伯爵とロザリアは宮殿に上がっている。今頃晩餐の席に着いているのだろうか。

（結局、こうなる運命だったんだわ）

生まれて初めて、男性に恋をした。

その人は皇帝という身分のある人で、ヴィオラは寵姫として愛され、つとめを通して女としての悦びを教えられた。

妻にしたいとまで言ってもらえたけれど、そもそも自分は姉の身代わりとして傍に仕えていただけの、偽りの存在だったのだ。ただ元に戻っただけなのだから、こうなっては粛々とこの状況を受け入れるべきだろう。

愛された記憶を胸に、修道院に戻って彼の幸せを祈って生きていく。それも一つの愛の形なのではないか。

しおらしくそう思おうとしてみるのだけれど、割り切れない気持ちもある。

これもヴィオラの中に、確かな恋心があるがゆえなのだろうか。

（マティアス様に、お会いしたいわ……）

もしかしたら心のどこかで、あのまま本当に結婚できると思っていたのかもしれない。

こんな別れになるとは思わなかったから、気持ちを切り替えることができていないのだ。

気を落ち着けて領地へ戻る支度をしなければと思うのに、今すぐここを飛び出して宮殿に舞い戻りたい衝動に駆られる。

ヴィオラがそれを実行に移すことがないよう、この部屋に外から鍵をかけて出かけた父伯爵は、ひょっとしたらヴィオラの気持ちに気づいていたのかもしれない。

恋心の苛烈さというものを、よく知っているのかも――。

「……っ？」

胸に浮かぶマティアスへの思慕の情に心を乱されていたら、いきなり窓に何かこつんとぶつかった音がしたから、思わずビクリと震えた。

薄いレースのカーテン越しに外を探り見ると、また何かがぶつかってくる。

窓の外は屋敷の裏手で、小さな裏庭しかない。昼間なら小鳥でも来ているのかと思うところだが……。

(誰かいるわ)

カーテンの隙間から外を覗くと、窓の下のあたりにランプを手にした人物が立っているのがわかった。もしや盗賊、とヒヤリとした途端、外から小さな声が届いた。

「ロザリア！　きみだろうっ？　僕だ、ラウルだよ！」

「……ラウル様っ？」

意外な人物の来訪に驚いて、思わず窓を開ける。

こちらもランプを傍に引き寄せると、ラウルがああ、とため息を洩らした。

「やっぱりきみなんだね！　会いたかった！」

「ラウル様、どうしてっ」

「友達が教えてくれたんだよ。きみがここに閉じ込められているって！　僕が助けてあげるから、待っていて！」

ラウルが言って、ランプを足元に置き、背後の暗闇に消えていく。

いったいどんな友達がそんなことを言ったのだろうと首をひねっていると、ラウルが何か抱えて戻ってきて、窓の下に立てかけた。

どうやらそれは細い梯子のようで、袋のようなものを背負ったラウルが、ゆっくり慎重に上り始めたのがわかった。

もしや、この部屋まで上ってこようとしている……？

「待ってください、ラウル様！　そんなことをなさって、お怪我でもされたら……！」

「大丈夫、僕はけっこう身軽なんだ。こんなのなんてことないさ」

ラウルが軽く請け合って、梯子を上ってくる。

やがて窓枠に手が届いたと思ったら、器用に窓によじ登ってきたから、窓を大きく開けて中に招き入れた。

「ああ、本当にきみがいた。皇帝陛下に無理矢理結婚を迫られて、嫌だと言ったらお父上に閉じ込められたみたいだって、さっき出かけたパーティーで噂になってたんだよ？」

ほう、と小さくため息をついて、ラウルが言う。

「そ、そのような、噂がっ……？」

「まさかこんなことになるなんて思わなかったけど、きみの気持ちはわかっている。今すぐここを出よう、ロザリア」

ラウルが言って、ヴィオラの手を取る。

「ダンベルト伯もうちの父上も、皇帝陛下に怖じ気づいてきみを差し出すことに決めたみたいだけど、誰も僕たちの邪魔をすることなんてできやしないさ。だって僕たちの心は一つなんだからね。きみもそう思ってくれているだろうっ？」

「ラ、ラウル様……」

「何も心配しなくていいよ。僕がきみを守る。まだ若い僕だけど、それだけは約束できる。どうか信じてくれ、ロザリア！」

熱っぽい口調でまくし立てられ、その勢いに気圧される。

とても興奮しているようだが、いったい何をどう説明したらいいのだろうか。

「よし、もう今すぐここを出よう。そして誰も知らない場所で、二人だけで暮らすんだ。夫婦としてね」

「あ、あの、ラウル様。どうか落ち着いてください」

「僕は落ち着いているとも。きみと幸せになることだけを考えている。だって僕はきみを愛しているんだ。ああ、ロザリア、どうかキスを……」

「っ！　やっ、だ、駄目、それは駄目です、やめてください！」

思い余ったのか、ラウルがいきなりキスしようと顔を近づけてきたので、両手を突っ張って距離を取る。

するとラウルが唐突に動きを止め、さっと顔を引っ込めて、傍らのランプを取ってこちらにかざした。ランプの明かりに照らし出されたヴィオラの顔をまじまじと見て、ラウルが怪訝そうに訊いてくる。

「……きみ、ロザリアじゃないなっ？」

「えっ」

「何か変だと思ってたんだ。ものすごく似てるけど、どこかおかしいぞ、ってね。うん、やっぱりおかしい。きみはいったい誰なんだ？」

ロザリアではないことをラウルに見抜かれて、ああ、と思わず声が出る。

こんなふうに知られてしまうなんて予想外だったけれど、ある意味胸のつかえがとれたような気分だ。ラウルを見つめて、ヴィオラは言った。

「……おっしゃるとおりです。わたしはロザリアではありません。ロザリアの双子の妹で、ヴィオラと申します」

「双子だってっ？　えっ、もしかして、入れ替わっていたのか？」

「はい。わたしは姉の代わりに行儀見習いのため帝都に上がって、ご縁あって陛下の寵愛(ちょうあい)を賜り……、宮殿に部屋をいただいて、ひと月と少しの間、お傍に仕えておりました」

ラウルが大きく目を見開く。

「それじゃあ、この間宮殿の西翼で僕と再会したときには、もう……？」

「はい」

「え、じゃあ本物のロザリアは、今どこに？」

「父と一緒に宮殿に上がっています。一度この屋敷に下がって、晩餐までに戻るよう陛下に命じられていましたので。先ほどここで、姉と入れ替わりました」

すっかり話してしまうと、ますます気が楽になった。

だがラウルの顔には、驚嘆と焦燥の入り交じった表情が浮かんでいく。

「そんな……、それじゃあもう、遅いのか？　彼女は、皇帝陛下のものにっ……？」

ラウルが力なく言って、床にぺたんと座り込む。

そのまま黙り込んでしまったから、ヴィオラは静かに立ち上がり、部屋のろうそくをつけた。ラウルを見ると、すっかり意気消沈して、放心してしまっている。

そんなにも衝撃を受けているのだろうか。

「僕はもう、おしまいだ」

「……ラウル様？」

「彼女と結婚したいと、もう何年もそう思ってきた。やっと願いが叶うと喜んでいたのに、こんなことになるなんて！」

深い嘆きのこもった声で、ラウルが言う。

先ほどの熱っぽい言葉を思うと、なんだかひどく胸が締めつけられる。ためらいながらも、ヴィオラは訊いた。

「ラウル様、そんなにもお姉様のことを、愛していらっしゃるのですか？」

「当たり前だ！　僕はずっと彼女を想ってきた。彼女しか好きじゃない。たとえどんなに顔がそっくりだって、きみじゃ駄目なんだ！」

哀切な声で、ラウルが言う。彼のロザリアへの想いの強さ、確かさが切々と伝わってきて、心を打たれる思いだ。

（この人の気持ち、わかるわ。だってわたしも、同じだもの……！）

ヴィオラの胸にも切ない気持ちがあふれてきて、危うく目が潤みそうになった。

マティアスを、愛している。

切り替えることも誤魔化すことも、まして抑えることなんてできはしない。

恋などという言葉では言い表せないほどに彼を、彼だけを、心から想っているのだ。

ようやく正直にそう認めることができて、本当に泣いてしまいそうになったけれど、気持ちがすっと澄んでいくのも感じる。

成就することはなかったけれど、自分は確かにマティアスに愛され、そして彼を愛していたのだ、と。

（わたしは、諦めるしかないわ。でも、ラウル様は……！）

ロザリアのために、危険を冒してここまで来てくれたラウル。

元々彼にはなんの罪もないのだし、ロザリアだってラウルを想っているのだ。できるなら、こんなことで恋を諦めてほしくない。

ヴィオラはラウルの傍らへ行き、声をかけた。

「あの、ラウル様。差し出がましいこととは、十分承知しておりますが、その……、お気持ちだけでも、伝えてはいかがでしょうか？」

「気持ちを……？」

「はい。ロザリアお姉様と相愛でいらしたことを、陛下は、ご存じないのでしょう？」

「……そうか。それは確かに、そうだな」

ラウルが言って、思案げに黙り込む。

それから何か決意を新たにしたように顔を上げ、うなずいて言う。

「うん、そうだ。きみ、よく言ってくれたね！　たとえ相手が皇帝陛下であろうとも、想い人を奪われて黙って引き下がるなんて、男らしくない」

「え……」

「僕だって男だ。正々堂々、剣で勝負を挑もう！」

「け、剣でって……、ちょ、ちょっと待って！」

もちろん、そんなつもりで言ったわけではない。ヴィオラは慌てて言った。

「陛下は何もご存じなかったのです！　わたしがロザリアだと偽って帝都に上がったのが原因でこういうことになったのですわ！　あの方は何も悪くありません！」

「きみ……？」

「陛下を騙していたわたしが悪いのですから、どうか陛下に剣を向けたりするのは、おやめになって！」

必死に取りなすようにそう言うと、ラウルがまじまじとこちらの顔を見つめてきた。

そうしてかすかなためらいを見せながら、探るように訊いてくる。

「……もしかして、きみは……、きみも、陛下のことを愛しているの？」

「っ……」

分不相応だとか図々しいとか。

そう思われたのではないかと、少しばかり恥ずかしくて、思わず顔を伏せる。

でも、ラウルに訊かれるまでもなくヴィオラの心はマティアスのものだ。揺るぎなく確かなこの気持ちを、恥じるようなことはしたくない。

ヴィオラはうなずいて、ラウルに顔を向けた。

「お慕い申し上げております。でも、わたしにそれを告げる資格はないのです」

きっぱりとそう言うと、ラウルがああ、と小さく声を発した。理不尽を嘆くように首を横に振って、ラウルが言う。

「きみは心優しく聡明な女性だ。きみのような人こそ、皇帝陛下にはふさわしいのに」

「そんな、もったいないお言葉ですわ」

「でもそもそも、きみは今までどうしていたの？　ロザリアに双子の妹がいたなんて、聞いたこともなかったよ？」

「それは、そうでしょう。わたしは、その……、長く修道院で暮らしていましたし」

双子を忌み嫌う風習の話や、自分自身の幼い頃からの不遇を、今ここでラウルに一から話すのもどうかと思い、さらりとそう言うと、ラウルが小首をかしげた。

「そうなのか？　だったら、どうしていきなり身代わりとして帝都に？」

「それは、陛下が貴族の子女を人質にしようとしていると、お父様は考えていらしたから……、ロザリアお姉様を帝都にはやりたくなかったのでしょう。ラウル様とのご縁談の件もありましたし」

ヴィオラの説明に、ラウルが思案げな顔をする。

「つまりダンベルト伯は、僕とロザリアとの結婚は、そのまま進めようとしていたってことなのか？　なのに陛下が、ロザリアを妻にと言い出したから、気が変わって……」

言いかけて、ラウルがはっと息をのむ。

「なあ、ちょっと待ってくれ！　そのロザリアって、僕のロザリアのことじゃなくて、きみのことなんだろうっ？」

「え、ええと……、はい。そういうことに、なりますね」

「じゃあ、陛下が妻にしたいっておっしゃってるのはきみで、ロザリアじゃないってことじゃないか！　こんなおかしなことってあるかっ？」

それはとてもまっとうな疑問だと思う。

でも父伯爵はそのおかしなことを通そうとして、ヴィオラをここに閉じ込めたのだ。ロザリアもヴィオラも、父に逆らうことなど思いつきもしなかったし、ヴィオラはマティアスを騙していたことに罪悪感を覚えていたから、当然自分は身を引くべきだと思ったのだが……。

「こんなの、僕はとても承服できない。きみだってそうじゃないのか？」

「そ、それは……」

「間違いは今すぐ正すべきだ。よし、今から一緒に皇帝陛下のところへ行こう」

「ええっ……？」

何を言い出すのだろうと戸惑っていると、ラウルが窓辺に戻り、先ほど背負ってきた袋を探った。中から大きなフックのようなものがついたロープを取り出して広げると、それも梯子のような形になっていた。

縄梯子、というものだろうか。彼は本気でロザリアをここから助け出すつもりだったのだ。

「ラウル様、でも、わたしっ……」

「きみもちゃんと気持ちを伝えるんだ」

「わたしもっ？」

「じゃないと、誰も幸せになんてなれない。陛下だって、そうだろう？」

「陛下も……？」

「とにかく行こう！　僕が先に下りるから、同じようにしてみて！」

縄梯子のフックを窓に引っかけて外に下ろしながら、ラウルが言う。

ヴィオラはただただ、その行動力に驚いていた。

第六章　真実——確かな愛は揺るぎなく

(ラウル様のおっしゃることは、正しいと思うけれど)

自分のような者が、多くを望んでも仕方がない————。

ごく幼い頃から、ヴィオラはそんなふうに考えるようになってしまっていた。

だから自分の気持ちをちゃんと伝えるということが、いいことなのか悪いことなのかと、こんなときでもつい考えてしまう。

でもマティアスの気持ちを考えると、確かにこのままではいけない。

父伯爵の剣幕やロザリアの涙を見て、思わず入れ替わることに同意してしまったが、ラウルと同じようにマティアスの愛情だって確かなものなのだから、入れ替わりに気づかれないわけがないのだ。

となれば、こんな小細工で謀ろうとした父がどんなお叱りを受けるだろうかと、それも怖くなってくる。

「急ぎ皇帝陛下にお目通り願いたい。どちらにおいでかな?」

「皇帝陛下は、ただいま晩餐のお席に……、えっ? ロザリア様っ……?」

ヴィオラが私室を与えられている、グランロランディア宮殿の東翼。

ためらいもなくずんずんと廊下を進み、マティアスの所在を訊ねて回るラウルのあとについて、ヴィオラも歩いていくと、なじみのある宮廷官吏や女官たちが、何事かと驚いた様子を見せた。

それも当然だろう。晩餐の席にいるはずの寵姫の「ロザリア」が、なぜか若い貴族男性とやってきて、マティアスに会いたいと言っているのだから。

しかも今夜の晩餐は、かつてロランディア王族が貴族たちとの会食に使っていた瀟洒な広間で、格式高く執り行われているようだ。いずれ劣らぬ名家ばかりの招待客の前で、マティアスはもう、ロザリアとの結婚を宣言してしまっているかもしれない。

「すまない、急ぎ皇帝陛下にお目通りを願いたいのだが！」

広間へと続く廊下の端に立っていた衛兵に、ラウルが快活な声で言う。衛兵はいぶかしげにこちらを見たが、そっけない返事を返してきた。

「陛下におかれましては、ただいま会食中であらせられます」

「緊急の用件なんだ。彼女についてのね！」

「申し訳ありません、晩餐の間は誰も寄せつけぬようにと申しつかっておりまして」

「緊急だと言っているじゃないか！」

「申し訳ありませんが……」

「私がお取り次ぎいたしましょう」

衛兵と押し問答をしていたら、横合いからレオが現れた。

マティアスが特別な信頼を置いているレオの言葉に、衛兵がさっと身を正す。

ひとまずほっとしながら、レオについてラウルとともに歩き出すと、レオがちらりとこちらを見て、それからぽつりと独りごちた。

「なるほど。こうして見ると、一目瞭然ですね」

「……レオ様？」

「ああ、いえ、なんでも。マティアス様がお待ちです。参りましょう」

（マティアス様が、お待ちになっていらっしゃるのっ？）

こういうことになるなんて、ヴィオラ自身も思っていなかったのに、どうしてマティアスに待たれているのだろう。

ラウルの顔を見てみたが、彼はレオの言葉を聞いていなかったのか、それともマティアスになんと言おうか考えることに集中しているのか、勇ましい顔つきのままだ。

けれど、もしもマティアスがヴィオラがやってくることを知っていたのなら、すでに身代わりのからくりに気づいているということではないか。

やはり叱責を受けるのではと、おののいてしまう。

（でも、もう逃げるわけにはいかないわ）

ここへ来たのは、ラウルに気持ちを伝えてほしいからだ。自分はどうでも、せめてラウルとロザリアだけでも幸せになってほしい。

そう思い、気を強く持ちながら広間の入り口まで行く。

レオが二、三言、部屋の中の誰かとやりとりをすると、ややあって扉が大きく開いた。

ラウルがふう、と大きく息をして、中に入って言う。

「ご会食中大変失礼いたします！　皇帝陛下に、急ぎ申し上げたいことが……！」

ラウルが言い終わる前に、広間からどよめきが上がる。

あとから広間に入ってきたヴィオラの姿を見て、晩餐の席に着いていた貴族たちが驚きの声を上げたのだ。

同じ顔だとか、そっくりだとか、潜めた声が聞こえてきたから、おずおずと顔を上げて見回すと、広間には長テーブル三つ分くらいの会食の席が用意されており、名のある貴族たちが並んでいた。

その中にはスカラッティ男爵夫人やファルネーゼ公爵もいて、目を丸くしてこちらを見ている。

父伯爵はテーブルの中ほどに、こちらに背を向けて座っていたが、振り向いた顔は青く、隣に座るロザリアも泣きそうな顔をしている。

だがラウルの姿を見て何か感じたのか、ロザリアの表情がかすかに和らいだ。

テーブルの最奥に座しているマティアスが、フォークで軽くグラスを鳴らす。

「どうかご静粛に、皆さん。……とはいえ、驚くのも無理はないね。人は想定外の事態に陥ると、動揺してしまうものだ」

マティアスが鷹揚に言って、ラウルに笑みを向ける。

「よく来てくれたね、ラウルくん。軽く噂を流しただけで彼女をここまで連れてきてくれるなんて、きみの行動力は大変素晴らしい！　きみのロザリア嬢への愛は、間違いなく本物なのだね？」

「え……、えっ？」

「皆が彼のようであるといいのにと私は思うよ。愛に生き、愛のために迷わず行動する。一人の男として、私は彼を心から尊敬するね！」

（……いったい、どういう状況なの……？）

僕が間違いを正してやると、そんな気概でやってきたラウルだったが、いきなり誉められて勢いを削がれたのか、唖然としてしまっている。

自分が何か言わなければと思うのだが、ヴィオラも何から話せばいいのかわからない。

するとマティアスが、緊張感をほぐすように言った。

「いやぁ、それにしても、二人は本当にそっくりだね！　顔立ちはもちろんだが、その明るい茶色の髪も、ハシバミ色の瞳も！」

皆が思っているであろうことをはっきりと言われて、ロザリアが救いを求めるようにこちらに目を向ける。ゆったりと落ち着いた口調で、マティアスが続ける。

「私はずっと、兄弟たちと容姿が似ていないと言われてきたのだが、あなたたちはむしろ、どう見ても姉妹だとしか思えないほどよく似ている。そう……、ときどき入れ替わっていたとしても、わからないくらいにね」

「……っ」

やはりマティアスは、その可能性に気づいているようだ。背筋を冷たい汗が流れていくのを感じていると、マティアスが困ったように続けた。

「実は、少々不可思議なことが起きていてね。こちらのテーブルに座っているロザリア嬢は、舞踏会でのダンスのことや、例の歌劇のことはもちろん、森で私と話したことも、野イチゴの種類のことも、何も覚えていないと言うのだ」

マティアスが小さく首を横に振る。

「私としては、とても衝撃を受けたのだが、こうも考えた。もしかしたら彼女は、何かの間違いでここへやってきた、別人なのではないかとね。ときに、ロザリア嬢とよく似た容姿の美しいあなたは、私が今言ったことを覚えているかな？」

こちらに向けられたその質問に、どう答えるのが正解なのか。

大いに慌てながらも必死に頭を働かせるが、ここまできて嘘をついたところで、もはやなんの意味もないようにも思える。

お叱りを受けるなら、甘んじて受けよう。ヴィオラはそう思い、意を決して答えた。

「……覚えております。陛下がおっしゃったことは、すべて」

ヴィオラの言葉に、テーブルに着いた貴族たちがまたひそひそと何か話し始める。

マティアスがそれをたしなめるように視線を送り、静かになったところで、また問いかけてくる。

「そうか。では、あなたが本物の『ロザリア』なのかな？」

「いいえ、違います。本物のロザリアはそこにいる女性で、わたしは彼女の、妹です」

ヴィオラ自身の耳にもいくらかの衝撃を持って響いた言葉に、父伯爵が頭を抱える。

ロザリアは目を閉じ、静かに頭を垂れた。

ヴィオラはマティアスをまっすぐに見つめて、訴えかけるように告げた。

「ですが、間違いでここへやってきたのは、姉ではなくわたしのほうなのです。陛下に偽りの名を告げ、お傍にお仕えしておりました。悪いのはわたしなのです！」

「……ほう……？」

「ですからどうか、お怒りを鎮めてください。わたしはどうなってもかまいません。でも父と姉のことは、どうかお許しくださいっ……！」

ロザリアとラウルの恋だけは守りたくて、父伯爵とロザリアの傍まで行って弁護するようにそう言うと、マティアスが少し考えるように黙った。

静かにナプキンを取り上げ、そっと口元を拭ってからテーブルに置く。

そうしてすっと立ち上がって、ゆっくりとこちらに向かって歩いてきながら言う。

「私は何も怒ってはいないよ。ただ真実を知りたいだけでね。例えば、私が森で出会ったとても聡明な女性の本当の気持ちだとか。あるいは、双生児が生まれた場合あとから生まれた子供の存在を隠したりするような、辺境の風習についてだとか」

「……陛下っ、そのことを……？」

「ああ、知っている。だが、どちらが本物のロザリア嬢なのかという議論には、正直言ってそれほど興味がない。だってそうだろう。本物だろうがそうでなかろうが、私が愛したのは、間違いなくあなたなのだからね」

目の前に立って甘く優しくそう言うマティアスに、たまらずまなじりが濡れる。

彼は何もかもお見通しなのだ。そしてその愛情も確かなものなのだ。

声を立てて泣きそうなのを必死にこらえているヴィオラに、マティアスが訊いてくる。

「あなたの、名前は？」

「……ヴィオラ、ですっ」

「そうか。愛しているよ、ヴィオラ」

「っ……」

震える口唇に優しく口づけられ、ぎゅっと体を抱き締められて、はらはらと涙がこぼれ落

ちる。

しんと静まり返ったテーブルを尻目に、ヴィオラの髪を優しく撫でながら、マティアスが言う。

「さて、これでようやく今夜の本題に入れるな。皆に宣言しよう。私は誰よりも愛しいこの女性、ヴィオラ嬢と結婚するつもりだ！」

まあ！　と、ひと際大きな感嘆の声を洩らしたのは、スカラッティ男爵夫人だった。

貴族たちの驚きと当惑の混じったささやきが聞こえるが、あからさまな反対の声を上げる者はいない。どうやら叱責されるわけではなさそうだとわかってきたのか、頭を抱えていた父伯爵もおずおずと顔を上げる。

成り行きをぽかんと眺めていたラウルにマティアスが目を向けて、楽しげに告げる。

「ちょうどいい。きみもここで愛する者に想いを告げるといい」

「え……」

「ほら、今すぐ求婚するんだ。私が証人になってやろう」

「……！　は、はいっ」

ラウルがようやく言葉の意味を悟り、テーブルに近づいてきてロザリアの前に立つ。

そうして大仰な仕草で片膝をつき、頬を紅潮させて言う。

「ロザリア、きみを愛している！」

「ラウル様……！」

「僕にはきみだけだ。どうか僕と結婚してくれ！」

とてもまっすぐな求婚の言葉に、誰かがひゅう、と口笛を吹く。

父伯爵がおろおろした顔を向けると、ファルネーゼ公爵は一瞬何か言いたげな顔で父伯爵を見返したが、ラウルとロザリア、そしてテーブルに着いている貴族たち全員が反応を窺っていることに気づくと、ややばつが悪そうな顔をした。

今さら反対しても仕方がないと思ったのか、やがてファルネーゼ公爵が、軽く肩をすくめてうなずく。

ここにいる誰も、二人の結婚に反対する者はいないようだ。ロザリアが花のように顔をほころばせて、気恥ずかしそうに言う。

「……わたしで、よろしいのでしたら……、あなたの妻にしてください、ラウル様！」

ロザリアの返事に、ラウルが幸せそうな笑みを見せる。

マティアスがしみじみとした様子で言う。

「素晴らしい。結婚は愛によってするものだ。ただ一つの、確かな愛によってね」

マティアスの言葉が心にしみる。

二人の恋は無事に実った。そして、ヴィオラ自身の恋も――。

「ナア～」

「ナー！」

「……きゃあっ！」

「うわあっ？」

まるで祝福するように、ミミとルルがいきなりぴょんとテーブルに上ってきて、こちらめがけて突進してきたから、ロザリアが驚いて立ち上がった。

そこからは、何かときがゆっくりになったかのようだった。

ロザリアが猫が苦手なのを思い出したのか、ラウルがさっとかばおうとしたら、衣服の袖が引っかかってフォークが跳ね、驚いたミミが避けようとして何かの皿につまずいた。

そのせいで滑った皿がぶつかり、ロザリアのワイングラスが倒れそうになったのを、父伯爵が慌てて押さえようとした拍子に、赤ワインがたっぷりと入った彼自身のグラスに手が当たって――――。

「……おっと」

「ひゃっ……！」

テーブルから飛んできたグラスを、マティアスがさっと取り上げたけれど、中身は勢いよくこぼれ出てマティアスの手とヴィオラのドレスにばしゃっとはねた。

父伯爵が、また青くなって言う。

「へ、陛下っ、も、もも、申し訳、ございませ……！」

「はは、気にしなくていい。愛の成就に小さなトラブルはつきものだ。それを乗り越えるのもまた、愛なのだからね！」

マティアスがなぜか上機嫌で言って、テーブルの貴族たちを見回す。

「さて、結婚は愛によってするものだと言ったが、私はこうも思っている。愛でこの国は一つになれる。それこそが、ロランディア帝国の目指すべき理想であるとね！」

そう言ってマティアスが、ファルネーゼ公爵と父伯爵を順に見つめ、小さくうなずく。

「この婚姻によって、我々は家族となるのです。今後はつまらぬ対立などせず、皆で手を取り合い、この国をよい国にしていこうではありませんか」

「……あっ？」

いきなりマティアスに横抱きにされ、ヴィオラは驚いて声を上げた。

楽しげな様子で、マティアスが言う。

「晩餐の途中だが、失礼させてもらうよ。ワインまみれのヴィオラ嬢を湯殿に連れていかねばならないし、何より互いの胸の内を、しっかりと確かめ合いたいからね」

（陛下……）

「皆はゆっくり食事を楽しんでくれていい。だが今夜は、なるべく早く家に帰るのだ。そしてめいめい、愛しい相手と存分に愛し合いたまえ！」

マティアスが言って、満面の笑みを見せる。

「それではよい夜を。結婚式の日取りなどについては、明日会議を開いて決めようと思う。敵襲でもない限り、朝まで私たちを二人きりにしてくれ」

皆にくるりと背を向けて、マティアスが足取り軽く入り口へと歩き出す。

その腕に抱かれて運ばれながら、ヴィオラは胸にじわじわと喜びが湧き上がるのを感じていた。

「ヴィオラ？」

「……っ、は、はい？」

「いや、やはりいい響きだなと思ってね。初めて出会ったあの日を思い出す。そういえばあのときも、あなたは泥まみれになっていたね？」

ヴィオラを抱いて湯殿へと歩きながら、マティアスがおかしそうに笑う。

「思えば私は、あのときに運命を感じたんだ。あなたとの出会いにね。だからあなたの本当の名を呼べるのは、とても嬉しいことだよ」

「マティアス様……」

そんなふうに言ってもらえるなんて、こちらもとても嬉しい。

でも、ヴィオラが「ロザリア」ではないことに気づいていたなら、どうして素知らぬふりをしていたのだろう。今さらと思いながらも、ヴィオラは訊ねた。

「マティアス様は、いつからすべてをご存じだったのですか？」

「さあ、そうだな。全部わかっていたわけではないが、こう見えて私も皇帝という立場だからね。色々と調べさせたりして、徐々にね」

「本当のことを知られたら、お怒りを買うのではと、そう思っていましたのに」

「なぜ？　あなたが名を偽らなければならなかったのは、あなたのせいではないだろう？」

マティアスが不思議そうに言って、それから思い返したように続ける。

「まあ確かに、何かよろしくない背景があるのかなと、疑わなかったと言えば嘘になる。ダンベルト伯が、ファルネーゼ公や私に反発する勢力である『三日月党』に肩入れしているのは知っていたから、私に対して何かたくらんでいるのでは、とね」

そう言ってマティアスが、愛おしげにヴィオラを見つめる。

「でも、あなたは誰かを陥れたり罠にはめたり、そういうことをする人ではないと、私にはわかっていた。あの森での出会いがあったからこそ、ただ純粋にあなたに恋をすることができたんだ。あれは本当に、僥倖だったと思うよ？」

それは本当にそのとおりだと思う。

今になってみると、ヴィオラもあのときの「マックス」との邂逅で、彼に尊敬の念だけでなく、淡い思慕の念を抱いたのではないかと、そう思えてくる。

彼を素敵な男性だと感じていたからこそ、寵姫としてマティアスに身を任せることに、そこまで恐れやためらいを抱かなかったのではないだろうか。

「あなたと再会したことは、奇跡といえるかもしれない。それこそ運命の導きなのだと、私はそう思っている」

「奇跡……」

「そう。でも、実は私も、あなたに打ち明けたいことがある。あなたに対して気が咎めていることがあるんだ。よければ、聞いてくれるかい？」

「……？　どのようなことでしょう？」

何も思い当たるところがなかったから、怪訝に思いながら問いかける。

マティアスが申し訳なさそうな顔をして言う。

「それはね、あなたを寵姫にしたことさ。一人の男として、あれは誠実な行いではなかったと、私は心から反省しているんだ」

思いがけないことを言われ、驚きを覚える。よく意味がのみ込めずにいるヴィオラに、マティアスが弁明するように続ける。

「真の男ならば、求婚すべきだったのだよ。もちろん、周りの反対にあったかもしれないし、あなたが拒絶したかもしれないが、それでもそうすべきだった。寵姫などという半端な立場にあなたを縛って、己(おの)が欲望を遂げるなど、恥ずべき行いだったと思う」

「マティアス様……、そんな、恥ずべき行いだなんてそのようなことは！　わたしはあれを、おつとめなのだと思っておりましたし」

「ああ、そうだね。でもだからこそなのだ。何せ私は、一度としてそう思ったことはなかったのだから。私にとってあなたとの行為は、ずっと愛の行為だったのだよ」

「……！」

「だがそれも言い訳だね。私は皇帝という地位にあるがゆえに、あなたへの想いの強さを抑えられなかった。寵姫に、という申し出に甘えて、あなたを我がものにしてしまったことに変わりはない。本当に、申し訳なかった」

マティアスがすまなそうに言って、探るような目をして続ける。

「だが、これだけは信じてほしい。私は最初のとき……、つまり、森で出会い、語らった晩からずっと、結婚するならあなたのような人がいいと思っていた。私には、本当にあなただけなのだ、愛しいヴィオラ」

（わたし、だけ……）

こちらを見つめる、マティアスのまっすぐな青い目。

そこには真摯な愛情だけが浮かんでいる。混じりけのない心を映し取ったかのようなその目に見つめられて、疑いなど抱くはずもない。

ヴィオラはうなずいて、その目を見つめ返して言った。

「もちろん、信じますわ、マティアス様」

「本当かい？」

「ええ。だって、わたしも同じでしたから」

「あなたも？」

「はい。森で出会ったマティアス様に……、いえ、『マックス』様に、わたしっ……」

――恋をしてしまっていた。

そう言いたかったけれど、なんだか気恥ずかしくて声にできない。

でも、間違いなくそうなのだと思う。森で彼に助けられ、楽しく語らったあの夜から、ヴィオラはマティアスに惹かれていたのだ。

皆まで言わずともヴィオラの気持ちを察したのか、マティアスが笑みを見せて言う。

「……そうか。それは私にとって、何よりも嬉しいことだよ！」

「……？」

「だってそうだろう？　あなたは私が皇帝だなんて知らなかったのだ。私が皇帝だから、私に惹かれたわけじゃない。つまり私たちは、初めからただの男と女だったのさ！」

「あ……！」

マティアスが何度か口にしていた、ただの男と女、という言葉。

あれにはそういう意味が込められていたのだ。地位や立場に関係なく、ただ惹かれ合う二人であることこそが、皇帝である彼にとっては真実の愛の証なのだろう。

そしてそれは、いないものとして扱われていたヴィオラにとっても同じだ。

ちゃんとここにいる自分を、ただ愛してくれる男性。ここにいていいのだと言ってくれる、たった一人の男性。

この出会いは本当に奇跡なのだと、心からそう感じる。

「ヴィオラ、あなたと愛し合いたくて、うずうずしてきたよ」

マティアスが言って、熱情のこもった目でヴィオラを見つめる。

「名を取り戻した本当のあなたと、ただ愛し合いたい。あなたは、どう？」

「……わたし、は……」

そういう欲望を正直に口に出していいものなのか、一瞬迷った。

でも、マティアスの青い瞳はそれをうながしている。

小さくうなずいて、ヴィオラは答えた。

「わたしも、そうしたい、です……」

「ふふ、そうか。やっと望みが叶ったな！」

「……と、おっしゃいますと？」

「あなた自身がそうしたいと言ってくれたんだ。あなたはもう、私と愛し合うことをつとめだとは思っていない。そういうことだろう？」

「……！」

つとめをつとめと思わなくなることが望みだと、初めての夜が明けた朝、マティアスは言っていた。確かに今までだったら、抱き合うことをつとめだと思っていたから、陛下のお心のままに、と告げていただろう。

でもこれからは、こうして自分の気持ちを伝えられる。そうしていいのだと思うと、ヴィオラも嬉しくてたまらない。

「……ベッドで待っている。湯あみを終えたら、すぐに来て？」

湯殿の入り口でなじみの女官にヴィオラを託して、マティアスが甘い目をして告げる。

気持ちが高ぶるのを感じながら、ヴィオラは小さくうなずいていた。

（……わたし、本当にマティアス様の妻になるのね……）

マティアスに湯殿に運ばれたあと、ヴィオラはワインまみれの衣服を脱ぎ、体を丁寧に洗い流した。

ちょうど大きな浴槽にたっぷりと湯が沸いていたので、半身だけつかって身を温めながら、ヴィオラは改めて結婚のことについて考えている。

静かな修道院での暮らしがずっと続くと思っていたのが、ロザリアの身代わりとして帝都に上がり、皇帝であるマティアスの寵姫として彼に愛され、さらには結婚にまで至るなんて、想像すらもしていなかった。

自分にこんな幸せが巡ってくるなんて、思いもしなかったけれど……。

(帝国皇帝の妻、ということよね？)

誰かの妻になるというのがどういうものかはもちろん、皇后という立場がどんなものなのか、ヴィオラにはまったく実感が湧かない。

何しろ修道院での生活が長かったから、一般的な貴族女性としての振る舞いにすら自信がないし、社交にもうといのだ。スカラッティ男爵夫人なら、そういうことにも詳しいのだろうか。

自分の来し方行く末を思って少々不安を覚えていると、不意に湯殿の扉が開いた音がした。

「……ヴィオラ、お邪魔するよ」

「ひゃっ？」

いきなりマティアスの声が響いたから、驚いておかしな声が出た。

湯煙の向こうから、上着を脱いでくつろいだ格好のマティアスがこちらにやってきたので、慌てて湯の中に首までつかる。ヴィオラの傍に屈んで、マティアスが訊いてくる。

「湯加減はどう？　ちょうどいいかな？」

「は、はい、それはもう」

「よかった。湯あみが終わるまで寝室で待っていようと思ったのだが、せっかくだから私も一緒に入りたくなってね」

「えっ、一緒に、ですかっ？」

思いがけないことを言われて驚く間もなく、マティアスがぽいぽいと服を脱ぎ捨て、湯で体を流し始める。

ベッドでは衣服を脱ぐのだし、今さら恥ずかしいこともないはずなのだが、マティアスのたくましい裸身を見ていると、なぜだかそれだけで頭が熱くなりそうだった。

さりげなく目をそらし、浴槽の隅に移動すると、やがてマティアスが、ざっと湯に入ってきた。

「ああ、本当にちょうどいいね。いい気分だ」

マティアスが言って、ほう、とため息をつく。

それからこちらを見て、不思議そうに声をかけてくる。

「ヴィオラ、どうしてそんなに隅のほうにいるの？」

「えっ」

「離れていないで、こっちにおいで」

「っ、で、ですが」

「私たちは結婚を約束した恋人同士なんだ。何も恥ずかしいことなどないだろう？」

(恋人……！)

甘い言葉の響きに、ドキリと胸が高鳴る。

婚約者、というのとも何か違う、心ときめくような言葉だ。

おずおずと顔を向けると、マティアスが両腕を広げてうなずいた。

愛しい恋人の腕に、ぎゅっと抱き締められたい。

初めて感じたそんな思いに、ますます鼓動が速くなる。

ヴィオラは湯の中を漂うようにして彼に近づき、その腕の中に滑り込んだ。

「……ああ、本当になんて素敵なんだろう、あなたは」

マティアスが大きな手と力強い腕でヴィオラをしっかりと抱き支え、ちゅ、と優しく口づけて言う。

「温かくて、柔らかくて……、ずっと腕の中で抱いて、可愛がっていたくなる」

「マティアス、様」

「これからは毎日、教えてあげなくてはね。私がどんなにあなたのことが好きなのか」

「……ぁ、ん……、ん……」

熱っぽく重ねられる、肉厚で温かいマティアスの口唇。

何度もちゅ、ちゅ、と吸いつかれ、それだけで陶然となる。

薄く口唇を開くと、熱い舌が口腔に滑り込んで中をまさぐってきた。

「ん、ん……、ぁ、む……」

舌を絡められたり、上あごや舌下をぬるりと舐められたり。

マティアスのキスはいつでもヴィオラを昂らせ、欲情をかき立ててくる。温かい体を重ねてベッドにもつれ込む瞬間を想像すると、それだけで身震いしそうだ。

マティアスも昂ってきたのか、わずかに息を乱してキスをほどき、抱擁する腕の力を緩めて、黙ってこちらを見つめてくる。

「……ぁ……」

彼の美しい青い瞳には、ほの暗い炎のようなものが見える。

それは女の身にはかすかなおののきを覚えるような、男性的で強い欲情の炎だ。

けれどももしかしたら、ヴィオラの目にも、同じような火が小さくともっているのかもしれない。

もう、今すぐにでも抱き合いたい。激しく交わって思いを遂げなければ、叫び出してしまいそうなほどに、欲しい――――。

互いの目の中に、そんな激情すら見出し合っている気がして、ぞくりと身震いがする。

「……ヴィオラ。もう……」

低く抑えた声で、マティアスが言う。

「……はい……っ」

湯から上がろうとうながされたのかと思い、先に出ようと身を離す。そのまま浴槽の縁に手をついて、立ち上がろうとしたのだが。

「あっ……」

マティアスに後ろから抱きつかれ、腰のあたりに口唇を押し当てられて、ビクンと体が震える。

首をひねって振り返ると、マティアスが上目遣いにこちらを見上げて、どこか甘えたような声で言った。

「……もう、このままここで、あなたと愛し合いたいよ」

「ここ、で？」

「ああ。あなたを気持ちよくしてあげたいんだ。いいだろう？」

「あ、ん……」

濡れた双丘にキスをされ、背後から回された手で腿や腹部を撫でられて、濡れた声が出てしまう。

なんと答えようかと迷ったが、返事を待たずに背筋を口唇でなぞり上げられ、また湯の中に引き込まれた。

湯殿で抱き合うなんて、考えてもみなかった。だが背後から回った手で左右の胸のふくらみをまさぐられ、下腹部の奥がずくんと疼く。

「あ、ぁ」

（わたしもここでマティアス様に、触れられたいわ）

恋人同士なら、こういうこともあるのかもしれない。破廉恥な行いかもしれないが、このままここで、マティアスと愛し合いたい気持ちになってくる。

返事をする代わりに、マティアスのたくましい胸に背中を預けるようにもたれかかると、体を彼の腿の上に抱き上げられた。背後から耳元に口唇を寄せて、マティアスがささやく。

「ヴィオラ……、私の愛しい、ヴィオラ」

「……ぁっ……」

「声を聴かせて、ヴィオラ。あなたの可愛い啼き声を」

「ぁ、あ、んんっ」

ずっと呼ばれたかった自分の名で呼ばれ、湯の中で両の乳首を指でくにゅくにゅといじられて、ビクビクと身が震える。

温かい湯に包まれて体がほどけているのか、触れられる刺激がいつもよりも強く感じる。ヴィオラ、と繰り返し名を呼ぶ彼の艶やかな声も頭に響いて、まるで耳からも愛撫されているみたいだ。

ヴィオラの耳朶に口づけて、マティアスが言う。

「名を呼んだだけで、胸が薔薇の蕾（つぼみ）みたいにきゅっと硬くなったよ？　私の声でも、感じてしまっているの？」

「マティアス、さ、ま」

「ヴィオラ。私の、ヴィオラ……」

マティアスが名をつぶやきながら、ヴィオラの左右の乳首をしごいたり、ふくらみを揉みしだいたりしてもてあそぶ。

手の感触と甘い声音とに背筋がぞくぞくして、息がはあはあと乱れてしまう。

知らず腰を揺らすと、マティアスが右の手を下ろしてへその周りをなぞり、下腹部へと滑らせた。そうしてそのまま柔らかな茂みの感触を楽しむように局部を撫で、花びらに分け入って肉粒を探り当てて、そっと優しく刺激してくる。

「はぁっ、あ、ん、ン……！」

ツンと立った乳首を左の手でつまんでいじられながら、右の手で真珠粒をクニクニと転がされて、ビクビクと腰が弾む。

胸も敏感なパール粒も、どちらもマティアスに見つけ出され、悦びへの道筋をつけられた場所だ。触れられると体の芯が甘く蕩けて、悦びのさざ波が立ってくる。

肩越しに振り向いて間近で顔を見つめると、マティアスが吸いつくようにキスをしてきた。

「あ、む……、ん、ふっ……」

上下の口唇を吸われ、舌を口に含まれてちゅる、と、味わうように吸い立てられて、お腹の奥がきゅう、としびれたようになる。

口づけは過敏な体をさらに昂らせるようで、舌の根を甘く噛まれて、胸の蕾も秘密の花の芽もヒクヒクと疼く。指先でそれを感じ取ったのか、マティアスが手の動きを大きくしてくる。

「ふ、ぁっ、あ、あっ」

「……気持ちいいかい？」

「ん、ぅ、は、いっ」

「湯で温まっているからかな。乳首も可愛いここも、いつもよりぷっくり熟してる。本当に可愛いな、あなたは」

「あっ！　ああっ、あ」

肉の真珠を二本の指で交互に絶え間なく転がされ、ビクビクと腰が揺れる。湯があるせいか、指の動きがとてもなめらかで、逃れようもなく感じさせられる。胸の突起も同じようにいじり回されたら、喜悦が一気に大きな波になった。

達きそうな気配に身をよじらせると、マティアスが耳元で低く告げた。

「我慢することはないよ、ヴィオラ」

「マ、ティアス、さ、まっ」

「ほら、可愛く達ってごらん」

「ん、ぅうっ、ああっ、あっ――――」

柔らかい声に導かれるように、悦びの渦に身を委ねた。

愉楽の高みに舞い上げられ、湯煙でけむった浴室がさらに白く濁って見える。

もう何度も彼の手で頂を極めさせられているけれど、悦びが尽きることなどないみたいだ。

恍惚となりながら頭を彼の肩に預けると、マティアスが肩越しに頰に口づけ、うっとりとした声で言う。

「綺麗だ。気をやる瞬間のあなたは、朝露の中で花がほころんでいくような美しさだね」

「そ、な」

「花の蜜もほら、こんなに」

「ぁ、あ……!」

マティアスが指を秘裂の中に進めて、蜜壺の入り口を確かめるようにくるりとなぞる。

ヴィオラのそこは触れられもせぬままに熟れ、マティアスがそろそろと指を動かすたび、ぬめるような感触がある。

湯とは違い、とろりとしたそれは、ヴィオラ自身がこぼした蜜だ。先に絡めるようにしながら、マティアスが指を蜜孔に沈めてくる。

「ふ、ぅ」

「あなたのここも、いつもよりも熟れて柔らかいな」

「んん……、あ、あ」

中の前壁を押し込むようにしながら、くぷり、くぷりと指を出し入れされ、小さく声が洩れる。達したばかりのせいか内筒も感じやすく、まだ頂の余韻が去らないうちに内奥がじくじくしてくる。

身悶えそうになっているヴィオラに、マティアスが言う。

「中もいいのかい？　奥のほうまでとても温かくなって、甘く潤んできたよ。こうしても、ほら」

「は、ぁっ……！」

指を二本に増やされ、中をかき混ぜられて、ぬるい感触に身が震える。

湯が中に入ってしまいそうな気がしたから、思わず膝を閉じて彼の手を腿でぎゅっと挟んだ。マティアスがふふ、と小さく笑う。

「腿だけじゃなく、中もきゅうっと締まったね。私の指をきつく食い締めて……。あなたの中に入っていたのなら、あっけなく果ててしまっていたかもしれないな」

「マティアス、様っ、ぁ、あんっ、や、ああっ」

狭くなった蜜筒の中を、マティアスが指を自在に動かしてまさぐるものだから、鮮烈な快感に体が波打つ。

悦びの責め苦から逃れようと腰を揺するけれど、マティアスは指を小刻みに動かして中をこすり、ヴィオラをさらに攻め立ててくる。

感じる場所を狙いすましたみたいにこね回され、愛蜜であふれた肉筒に、またうねるような快感の波が湧き上がってきて――――。

「あぅうっ、あっ、また、ぃっ、ちゃ……！」

自分でもはっきりとわかるほどに、マティアスの指をきゅうきゅうと何度も締めつけて達き果てる。

立て続けの絶頂に体がしびれ、湯の中に落ちてしまいそうになったけれど、マティアスの腕に支えられてなんとかこらえた。

やがて体から力が抜けてくると、マティアスがヴィオラの中からそっと指を引き抜いて、気づかうような優しい声で訊いてきた。

「気持ちよかったかい？」

「……は、いっ……」

「湯の中で二回も気をやってしまって、体が熱く火照っているね。このままではのぼせてしまうかもしれない。ちょっと、立ってみようか」

「……？　は、はい」

言われるまま、浴槽の縁に手をついて寄りかかるように立ち上がる。

するとマティアスが、ヴィオラの双丘に手を添えて言った。

「ふふ、お尻が温まって、可愛いピンク色になっているよ？　まるでモモの実みたいだ」

「そん、な……」

「甘い蜜もたっぷり滴っているね。私はこれが大好きなんだ。どうか、味わわせてくれ」

「あぁっ、やっ、マティアス、さ、まっ」

お尻のふくらみを大きな手で開かれ、背後から蜜孔に口づけられて、ビクンと背筋にしびれが走った。

そこをそうされるのは二度目だ。腰を突き出した格好にされて花びらを優しく口唇で食まれ、形を確かめるみたいに丁寧に舌を這わされたから、くらくらとめまいを覚えてしまう。

あまりにも卑猥な行為すぎて、顔から火が出そうなほど恥ずかしいのに、ねろり、ねろりと舌で花びらを開くように舐られ、蜜をちゅく、と吸われたら、あえかな悦びに理性がぐずぐずと溶け始めた。

「は、ぁあっ、ンんっ、うっ」

マティアスの舌は熱く淫らで、自在に形を変えながら、ぴちゃぴちゃと濡れた音を立てて秘裂の中を這い回る。

不道徳にすら感じられる行為なのに、花びらの合わせ目や敏感な肉粒、柔肉を舐められるざらりとした感触が気持ちよくて、はしたない声が止まらない。

蜜もとめどなくあふれてくるのか、舌先を内筒に挿し入れられると、じわりとした快感とともにくぷ、と淫靡な水音が上がった。

「あっ、あんっ！　そ、れっ、駄、目、ぇっ……！」

淫靡な音と感触とを楽しみ味わうように、マティアスが何度も舌で穿ってくる。中に舌を挿し入れられるだけでも感じてしまうのに、深く沈めた舌でぬちぬちとかき回されて、膝がガクガクと揺れる。

まるでそれ自体が生き物ででもあるかのような舌の動きに、肉襞がざわりと蠢動し始め、やがてお腹の底がきゅうきゅうとしてきて――。

「ぁ、うぅっ、アッ……」

ふるりとお尻を震わせて、ヴィオラがまた絶頂に達する。

三度目の放埒。

もはや快楽の道筋が体深くに刻まれてしまったみたいに、達くのをこらえられない。マティアスがちゅぷ、と音を立てて舌を引き抜いて、ほう、とため息をつく。

「あなたのここ、とても温かいよ。ここに触れることができるのは、これからも、この私だけなのだね？」

喜悦に酔って声も出せないヴィオラに、マティアスが艶麗な声で告げる。

「ああ、そしてもしかしたら、さらに温かいこの奥、命の神秘の宿り場に、あなたは授かるかもしれないのだ。私たちの愛の結晶を」

（愛、の、結晶……！）

結婚の先、そして男女のことの先にあるもの。

それは二人の子供をお腹に授かることだ。

今まで意識したことはなかったけれど、本来寵姫というものの役割にもそうした面があるはずで、正式に彼の妻になったなら、やはり子供が欲しいとヴィオラも思う。

でもマティアスは帝国皇帝だ。彼の子供を産むというのは、とても責任の大きいことなのではないか。

かすかな不安を覚えていると、弛緩した体をすくい上げるように抱かれ、またそっと湯の中に入れられた。

ヴィオラの体を赤子のように抱いて、マティアスが言う。

「私はね、ヴィオラ。愛する人に私の子を産んでもらえるのなら、それはとても嬉しいことだと思っているんだ。けれど、それは絶対にということではなくて……」

濡れて額のあたりでもつれたヴィオラの髪をそっと払って、マティアスが続ける。

「帝国皇帝として、こういうことを言うのはどうかと思わなくもないが、もしも子に恵まれなかったとしても、それはそれでいいとも思っているのだ」

「マティアス、様……」

「私にとって大事なのは、あなたと生涯愛し合い、慈しみ合うことなのだからね。私には本当にあなただけなのだよ、ヴィオラ！」

ヴィオラの不安を知ってか知らずか、そんなことを言うので、心がふわりと軽くなった。

マティアスとならどんなことでも乗り越えていけそうだと、嬉しい気持ちになってくる。

マティアスの厚い胸にすがりついて、ヴィオラは言った。

「そんなふうにおっしゃっていただけて、わたし、とても幸せです」

「ヴィオラ……」

「ずっとマティアス様のお傍にいられるなら、それだけで、幸せですわ」

「……ああ、ヴィオラ！　愛しいヴィオラ！」

マティアスも嬉しそうに名を呼び、ねだるように続ける。

「ヴィオラ、私を受け入れてくれるかい？　一つになって、愛し合ってくれる？」

「……ええ、もちろんです」

答えて顔を見上げると、マティアスがヴィオラの体を支えて、湯の中で向き合って彼の腰をまたぐ格好にされた。マティアスの首に腕を回し、腹部を彼のほうへ寄せたら、あわいを彼の切っ先でひと撫でされた。

「あんっ……」

すでに欲望の形になっている、彼の男性の証。猛々しさにおののくけれど、自分が何よりもそれを欲しているのを感じ、体が燃えるように熱くなる。

ヴィオラの腰に手を添え、切っ先を花のほころびに押し当てて、マティアスが言う。

「私をのみ込んで、ヴィオラ。私の、全部を」

「は、いっ……、ぁ、ん、んうっ」

ぬぷりと濡れた感触とともに剛直の先端がヴィオラにつながれ、続いてずぶずぶと、幹が中に入り込んでくる。

湯で温まっているせいか、彼の欲望はいつにもまして熱く、みっしりと大きい。

ヴィオラのそこはこれ以上ないほど熟れているから、彼に押し開かれて肉襞もちゃんとほどけていくけれど、充溢感はいつも以上だ。

息を止めたり吐いたりしながら、少しずつ受け入れていくヴィオラを、マティアスがどこか悩ましげな目をして見上げて、うなるように言う。

「く……、狭い、ね」

「マティアス、さまが、大きい、からっ」

「あなたのことが好きすぎるんだ。だから私は、こうなってしまう」

マティアスが言って、照れたみたいに微笑む。

やはり彼のこれは、ヴィオラへの思いのたけ、愛の証なのだ。

そしてそれを、ヴィオラは受け止める。

つとめとしてではなく、愛された記憶を刻むためでもなく、とこしえに続く愛のゆえに。

ありありとそう感じて、体の底から幸福感が湧いてくる。

「はぅっ、んっ……」

マティアスが下から腰を揺すり上げ、ヴィオラの中に己をすべて収めてくる。

内奥までぴったりと隙間なく雄をつながれ、身じろぎもできないほどの質量をひしひしと感じるけれど、愛しい人と完全に一つになっているのだと思うと、知らず笑みすら浮かんでしまう。

マティアスがふっと一つ息を吐いて、艶めいた声で言う。

「あなたが私に、しっかりとしがみついてくる。苦しくは、ないね？」

「は、い」

「動くよ、ヴィオラ。私の愛を、たっぷりと感じて？」

「ふ、ぅう、ああ、あっ……」

マティアスがヴィオラの腰を支え、下からズン、ズンと熱杭を突き立ててくる。

奥深くまで貫かれるたび、視界が揺れるほどの衝撃を覚えるけれど、湯の中で体が軽いせいか重苦しさはない。

むしろお腹の中いっぱいにマティアスの存在感を感じて、満たされる思いだ。

自分への想いだけでここをこんなにも熱く雄々しくしてくれているのだと思うと、それだけでヴィオラの中もじわりと蕩けてくる。

ゆさゆさと揺れるヴィオラの両の乳房が、ぱしゃぱしゃと湯面を波打たせながらマティアスの筋肉質な胸に当たるだけで、触れ合う肌の心地よさにため息が洩れそうだ。

「あ、あっ、中が、とろって、してきてっ……」

「よくなってきた？」

「は、いっ、ぁあ、ああっ、はああっ」

マティアスが行き来するたび、媚肉が硬い幹にまくり上げられてヒクヒクと震え動き、内奥に悦びが広がる。

彼の動きに合わせてわずかに腰を揺らしたら、互いのいい場所がこすれ合って、お腹の底から鮮烈な快感が湧き上がってきた。

マティアスが察したように言う。

「自分で動くと、気持ちいいんだね？　お尻、もっと揺すってもいいんだよ？」

「ひ、うっ、そ、んなっ」

「これはおつとめじゃないんだ。どんなに感じて乱れたって、何も恥ずかしいことなんてない。もっと大胆になってごらん、ヴィオラ」

「ああっ、あ、マティアス、さ、まあっ」

細い腰に手を添えられ、彼が剛直を行き来させる動きに合わせて前後に大きく身を揺すられて、裏返った声で叫んだ。

ぴったりと吸いつくみたいに結び合っているから、ぐっと張り出した彼の先端部分とヴィオラの前壁の感じる場所がきつくこすれ合って、深い悦びが湧き上がる。

丸みを帯びた切っ先が最奥の天井に繰り返し突き当たる都度、マティアスが小さく息を乱し、ヴィオラの体は強い快感にしびれ上がって、上体がビクンビクンと反り返った。

二人の体がともに揺れ動くことで、互いに喜悦を与え合う。

ある意味これこそが、混じりけのない愛の行為なのではないか。

「くっ……、すごいっ、あなたが私に絡みついて、放してくれないよっ」

「マティアス、様っ」

「こんな、吸いつかれたら、私もこらえられないっ……！」

「あうっ、はあっ、ああっ、あああ……！」

マティアスが獰猛な雄の顔を見せて、下から突き上げる動きをぐんと速めてきたから、ぐらぐらとヴィオラの視界が揺れた。

まるで暴れ馬に乗せられて振り回されているみたいだけれど、マティアスが深い悦びを覚えている様子が見て取れて、こちらも腰の揺れが止まらない。ヴィオラのお腹の底にも爆ぜそうな気配が迫ってきて、我を忘れてしまいそうになる。

マティアスの肩をつかんでどうにか身を支え、荒ぶる動きに合わせて身を揺らすと、マティアスが息を弾ませて、ヴィオラの双丘を両手でわしづかみにしてきた。

そのまま、自制のくびきが外れたかのように、ヴィオラを激しく追い立ててくる。

「あ、あああ、ああっ、マティ、アス、さ、まっ、激、しぃっ」

「ヴィオラ、ヴィオラっ」

「ひうっ、ううっ、こん、なっ、わたし、もうっ」

「達きそうかい？」

「う、んっ」

「私もだよっ。ああ、あなたが悦んでいるっ、あなたに、持っていかれる……！」

「あ、ぐっ、ぁ、あっ――」

肉筒をきゅう、きゅう、ときつく収縮させて、ヴィオラが愉悦の頂を極めると、マティアスが喉奥でうなって、ヴィオラの体をかき抱いて動きを止めた。

お腹の奥に熱いものがドッとこぼれ出た感覚に、陶酔してしまいそうだ。

「……愛しているよ、ヴィオラっ」

「っ……！」

「あなただけを、愛している……！」

確かな愛の言葉に、胸が揺さぶられる。ヴィオラは震える声で、言葉を返した。

「わたしも、愛しています……、マティアス様を、愛してっ……」

初めて気持ちを口にしたら、想いがあふれて涙が浮かんできた。

こぼれた涙を拭うように頬に口づけて、マティアスが言う。

「あなたのその言葉だけで、私は誰よりも強くなれる。帝国皇帝としても、夫としても」

「マティアス、さ、まっ」

「一緒に幸せになろう、ヴィオラ」

何よりも嬉しい言葉に、心が温かくなる。

愛するマティアスの体に、ヴィオラはぎゅっとしがみついていた。

終章　おつとめはどこまでも深い愛に満ちて

それから一年のときが過ぎて――――。

「……ヴィオラ、起きていて？」

「ええ、ロザリアお姉様。どうぞお入りになって」

グランロランディア宮殿の東翼、ヴィオラの居室。

ベッドに横たわるヴィオラのもとに、ロザリアが朝食の載った足つきの盆を持ってやってくる。

普段は帝都の一等地の邸宅にラウルと暮らしているのだが、ここ二週間ほど、ヴィオラの身の回りの世話をするために通ってきてくれている。

初めての子供、息子のエドアルドを産んだばかりのヴィオラは、産褥（さんじょく）についているのだ。

「毎日ありがとう、お姉様」

「いいのよ。どうかしら、起き上がることができそう？」

「ええ。……まあ、美味しそうなリンゴ！」

焼き立てのパンや新鮮な果物、温かいスープ。

ロザリアが運んできてくれた朝食を見ただけで、お腹がぐう、と鳴りそうになる。

貴族の伝統的な子育ての流儀にのっとれば、赤ん坊は別室で寝起きして、養育も乳母に任せるのが普通だけれど、ヴィオラは自分でも授乳をしているので、このところとてもお腹がすくのだ。

体を起こしてヘッドボードに背中を預けて座り、スープの香りを吸い込むと、それだけでもりもりと食欲が湧いてきた。

でもベッド脇の椅子に腰かけたロザリアは、なぜか少し浮かない顔だ。

気分でも悪いのだろうか。

「お姉様、大丈夫？」

「え」

「お顔の色が悪いわ。具合が悪いのじゃない？」

気になって訊ねると、ロザリアがどこか困ったような顔をした。

「それが、よくわからないの。どこも悪くはないと思うのだけれど、このところなんだか気分がすぐれなくて」

ロザリアが言って、小首をかしげる。

「パンは大丈夫なのだけど、スープとか、あと、オートミールとか、温かい食べ物のこもるような匂いが、なんだか受けつけなくて」

「……匂いが……？」

一瞬何かの病気なのかと心配になったが、ほんの少し思い当たることがあったから、ヴィオラはためらいながらも言った。

「……あの、お姉様。それ、わたしもありましたわ、少し前に」

「そうなの？」

「ええ。それで、しばらくしたらお医者様に言われたんですの。赤ちゃんを身ごもっているのでしょう、って！」

「……まあ……！」

ロザリアがぱあっと顔を輝かせて言う。

「もしもそうだったら、とても嬉しいのだけど！」

「きっとそうに違いないわ、お姉様。ああ、なんて素敵なんでしょう！」

「……おや、楽しそうだね。何かいいことでもあったのかな？」

二人で盛り上がっていたら、戸口からマティアスがひょこっと顔を出して訊いてきた。

慌てて立ち上がろうとしたロザリアを優しく手で制したマティアスに、ヴィオラは小さく笑って答えた。

「ふふ、それは姉妹の秘密ですわ、マティアス様」

「ほう、そうなのか。ときに、ロザリアさん、表でラウルくんが待っているようだが？」

「……まあ、そうでした！　今朝はお義父様のところで朝食を、と」

「そうか、ファルネーゼ公爵とお会いになるのだね」

マティアスが言って、思案げな顔をする。

「すでに内務尚書や財務尚書として、存分に辣腕をふるってもらってはいるが、私はファルネーゼ公には、ぜひ帝国宰相の任を引き受けていただきたいと思っている。よければ私がそう言っていたと、あなたからもそれとなく伝えておいてはもらえないだろうか？」

「承知いたしました、陛下」

ロザリアが答えて、ゆっくりと立ち上がる。ヴィオラは気づかって言った。

「お姉様、くれぐれもご無理はなさらないでね。大事な時期ですし！」

「ええ、ありがとう、ヴィオラ。それでは失礼いたします、皇帝陛下」

ロザリアが慎み深く挨拶をして、部屋を出ていく。

マティアスがベッドの傍まで来て、訊いてくる。

「彼女、何か少し感じが変わったかい？」

「そのように思われましたか？」

「ああ。顔色はあまりよくないが、表情はいつになく輝いていた。きっと、何かとてもいいことがあったのだね？」

なんとなく察しているようような目をしているが、マティアスはそれ以上詮索しようとはせず、先ほどロザリアが座っていた椅子に腰かけた。

そうして愛おしそうにヴィオラを見つめて言う。

「あなたは、だいぶ元気になってきたようだね？」

「ええ、おかげさまで」

「先ほど顔を見てきたが、エドアルドもつやつやと血色のいい寝顔をしていた。ダンベルト伯もメロメロのご様子だし、やはりこの国の繁栄は、愛から始まるのだね」

マティアスがしみじみと言って、笑みを見せる。

「皆が愛する人と結ばれ、慈しみ合える幸福な国こそ、私の目指す帝国の姿だ。あなたはその象徴だよ」

「マティアス様……」

「私は帝国皇帝として、愛するあなたを、息子を、そしてこの国を守るのがつとめだ。容易ではないが、これ以上やりがいのあるつとめもないと思っている」

そう言ってマティアスが、ヴィオラの手を取って甲に口づける。

「どんなつとめであれ、心地よく、楽しく、そして気持ちよくなくてはね？」

冗談めかしてそんなふうに言われたから、寵姫として愛されていた甘美な日々を思い出して頬が熱くなってしまう。

あのときから、マティアスはヴィオラを心から愛してくれていた。そして夫となってからも、どこまでも深い愛で包んでくれている。

ヴィオラは初めから、幸福の国の住人だったのだ。

(マティアス様とともに、生きていきたいわ。この国で、ずっと)

誰よりも愛情深い夫の妻であること。そして彼の子供の母親であること。

その「おつとめ」に励めることは、ヴィオラにとってこの上なく幸せなことだ。

愛する人とともにある今を心から嬉しく感じながら、ヴィオラはマティアスの青く美しい瞳を見つめていた。

あとがき

こんにちは、真宮藍璃です。このたびは『身代わり寵姫ですが、おつとめが気持ちよすぎて恥ずかしいです』をお読みいただきましてありがとうございます。ハニー文庫様から三冊目のＴＬです。今回のお話も楽しく書くことができました。

身代わりものというのがわりと好きで、いつか書いてみたいなと思っておりました。

また、ＴＬのヒーロー様というのは王族だったり位の高い貴族だったり、華麗なお立場の方が多いですが、今回は「皇帝陛下」ということで、何かちょっと上り詰めた感がありますね。

お話を考え始めた当初は、皇帝陛下なヒーローということで、その絶倫ぶりをテーマにしようかなと思い、タイトルなどもそういったテイストで考えていたのですが、途中でうちのヒーローはだいたい例外なく絶倫なのでは……？　と思い至りました。

あえて宣言するまでもないかも、となり、ヒーローに見初められたヒロインちゃんの当惑とドキドキに注目したタイトルになりました。タイトル案は担当様で、ほぼそのまま形になったのですが、こういうスタイルのタイトルを一度つけてみたいなと思っていたので、個人的にはとても満足です。

甘々でイチャラブなお話として、お気軽に楽しんでいただけましたら幸いです！

さて、この場を借りましてお礼を。

挿絵を描いてくださいました、炎かりよ先生。ヒーローが思い描いていたとおりのお顔、衣装、体つきで、ラフの段階からテンションが上がってしまいました。ヒロインはもちろん、子猫たちもとても可愛く描いていただいて嬉しいです。本当にどうもありがとうございました！

担当のS様。いいタイトル案をありがとうございました。タイトルはやはり伝わりやすいのがいいですね！

そして読者の皆様、ここまで読んでいただいてありがとうございます。またどこかでお会いできますよう！

二〇二二（令和四）年　七月　　真宮藍璃

真宮藍璃先生、炎かりよ先生へのお便り、
本作品に関するご意見、ご感想などは
〒101-8405
東京都千代田区神田三崎町2-18-11
二見書房　ハニー文庫
「身代わり寵姫ですが、おつとめが気持ちよすぎて恥ずかしいです」係まで。

本作品は書き下ろしです

身代わり寵姫ですが、おつとめが気持ちよすぎて恥ずかしいです

2022年 9月10日　初版発行

【著者】真宮藍璃

【発行所】株式会社二見書房
東京都千代田区神田三崎町2-18-11
電話　03(3515)2311［営業］
　　　03(3515)2314［編集］
振替　00170-4-2639
【印刷】株式会社　堀内印刷所
【製本】株式会社　村上製本所

落丁・乱丁本はお取り替えいたします。
定価は、カバーに表示してあります。

ISBN978-4-576-22119-9

https://honey.futami.co.jp/

甘くとろける蜜の恋☆濃蜜乙女レーベル
Honey Novel
幼なじみの騎士様の愛妻になりました
Novel 真宮藍璃
Illustration すがはらりゅう